蕃東国年代記《ばんどんこく》

西崎　憲

これぞ綺譚のなかの綺譚！——唐と倭国の間に浮かぶ麗しき小国〈蕃東《ばんどん》〉。これは蕃東第一の都景京《けいきょう》の、臨光帝《りんこうてい》の御代に属する物語である。宮廷の知識や儀礼を司る貴族の家に生まれ、気ままに日々を過ごす青年宇内《うない》と従者を務める十七歳の藍佐《らんざ》。彼らが出合った驚異、あるいは目にすることのなかった神秘を、怪奇幻想分野の第一人者である翻訳家にしてアンソロジストが鮮やかに描く。天に昇って雨を降らせる竜、海辺の遊興都市で語られる奇談、三つの宝玉を探索する若き日の宇内の旅路——繊細な細工物のような五編を収めた、空想世界の御伽草子。

蕃《ばん》東《どん》国《こく》年代記

西崎　憲

創元推理文庫

THE CHRONICLES OF BANDON

by

Ken Nishizaki

2010

目次

蕃東国年代記

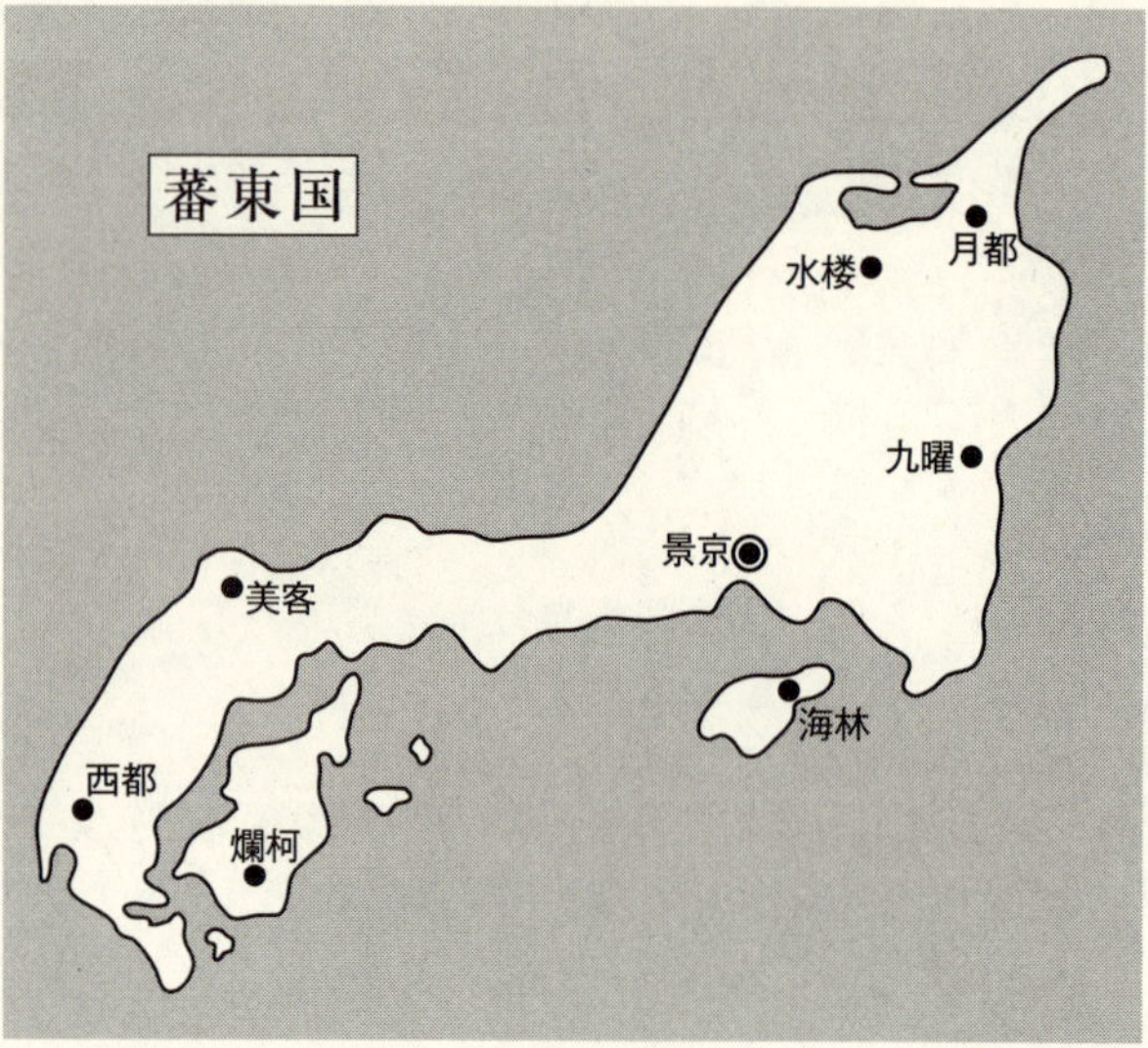
蕃東国
月都
水楼
九曜
景京
美客
海林
西都
爛柯

†

蕃東《ばんどん》をはじめて訪れた時、わたしはとても懐かしい気持ちになった。理由は分からない。目の前の風景のせいだったのか、それともそこにいた人々のせいだったのか。しかしわたしはある感覚を覚えた。その感覚を説明するのは難しいが、それは帰属感に似ていないでもないものだった。わたしはその時、ここで生まれたのかもしれないと思ったし、誰かがここでわたしを待っていたのではないかという印象を抱いた。

おそらくそれは錯覚だったのだろう。そしてその錯覚によってわたしは人生のほとんどを蕃東と関連づけて生きることになった。しかしそれは珍しいことではないだろう。多かれ少なかれ人の人生というものは錯覚に左右されるものだ。そうではない人生というものをわたしはあまり知らない。

パウル・ツィールベルク『蕃東の小径にて』より抜粋。著者はドイツ人の蕃東学者。
同書はバルシュミーデ社より一九三五年に刊行。

1 雨竜見物

時は臨光帝《りんこうてい》が即位して間もない頃、ところは蕃東《ばんどん》の第一の都景京《けいきょう》である。

皓《しろ》い春の雲のあいまから落ちてきた一滴がそのまま長い雨に変わり、三日目の朝になっても降りやまず、都の下々から上《うえ》つ方《かた》まで、珍《めず》らかなものに執心する者たちの心中には、早くも期待の念が萌しはじめたようでもあった。宇内《うない》ももとより奇を嗜《この》む性質だったので、渡り廊下に立って明るく繊《ほそ》い雨の源を見あげながら、隣でやはり同じような姿勢で空を眺めやる従者の藍佐《らんざ》に云ったものである。

「どうだ、藍佐、今度の雨はなかなか見所がありそうではないか」

「そうでございますね、明日もこのまま降りつづいたら花足《かそく》さまにようすを尋ねたほうがいいかもしれません」

「せんに雨竜《うりゅう》を見たのはもう二年前になるか」

「はい、ちょうどそれくらいになりますでしょうか」

「あの時はいささか小振りであったが、やはり見事なものであった」

宇内《うない》は有職《ゆうそく》故《こ》実《じつ》を司る家に生まれ、正四位《しょうしい》の位にある貴族である。

三十歳になる宇内は至って気ままに暮らしていた。しかしあまりに気ままに見えるためか、それとも生来の飄然《ひょうぜん》とした性質の由《ゆえ》なのか、務めなども遺漏なくこなしているはずなのに、厳格な伯父《おじ》やあまり親しくない友人たちの眼には、どうも浮ついているところがあると映るようで、伯父は小言を、友人はあてこすりの言葉をふとした折に向けることがあった。けれどもそのように受けとめられる宇内の物腰を逆に好もしいと見る者もいて、べつの伯父からは象棋《しょうぎ》の敵として喜ばれ、また遊《ゆ》行《ぎょう》に誘う友人の声も途切れることはなく、さらには心やすく話せるということで、宮廷の女たちの気受けもよかった。また宇内にはいまは正室もなかった。だいぶ年上だった正室はずいぶん前に病で身《み》罷《まか》り、側室も屋敷内に置くことをしなかった。その上、務めは毎日出仕しなければならないものではなかった。そういうしだいで、宇内はごく安穏《あんのん》と、しかし退屈することもなく日々を送っていた。

「このままあと二日降りつづいたらまず間違いなかろう。雨がいつもと違って明《す》んでいる。このところ面白いことがなかったからこれはちょうどよい」

「宇内さまはいつも面白がっているではございませんか。宇内さまほど面白がるお方は都にはほかにございません」

そう応じた藍佐《らんざ》はまだ十七歳である。藍佐は縁者の子であり、十二の時に親が亡くなったので、宇内が引き取って自分の屋敷に置いていた。

「藍佐よ、面白がらなければいったい何をしろと云うのだ」そう云って宇内は空を見あげるのを止め、踵《きびす》を返して文庫《ふみぐら》に戻った。藍佐は茶でも持ってこさせましょうと云って下がった。

竜というものについて知られていることは少なかったが、竜が卵を地上に産むことは唐でも倭国《わこく》でも、そしてこの蕃東《ばんどん》でもしばしばあることのようだった。竜の仔《こ》は卵から孵《かえ》った後、天に昇る。そして竜が天に昇る時はたいがい雨を使う。竜とはもともと水に属するものなのである。

竜が天に昇る時に降る雨は静かに降りはじめることが多い。それは天からの呼び声なのだろうか。そうした雨が何日か降りつづき、そして湖なり沼なりの底で卵から孵った竜の仔は、しばらくのあいだ水底で天に昇る力を蓄える。卵の殻は孵った後は水に溶けて水の色を変える。

景京《けいきょう》の御所にほど近い汎《はん》の社《やしろ》の司《つかさ》で、竜の覡《かんなぎ》と呼ばれるほど竜に詳しい者があった。名は花足《かそく》といった。宇内《うない》は花足とは面識があった。花足は、都の近くにある湖や沼の近郷のものに頼んで、雨が降って水の色が変わった時は報せを送らせるよう手筈を整えていた。

竜の覡である花足は水の色の具合によって竜が昇る時をかなり正確に予測することができた。この雨が竜の雨だとすれば、水の色はすでに変わり、花足のもとにはとうに報せが届いているはずだった。

三日目の夜、宇内は友人の聞音《ききね》から届いた僧坊酒《そうぼうしゅ》を膳に並べさせ、唐渡りの紺玻璃《こんはり》の杯《つき》を傾けながら、焼き鮎と小羸子《したたみ》をつまんでいた。小羸子の上には醤《ひしお》に漬けた山椒が散らしてあった。雨竜《うりゅう》見物のことが頭にあるせいか、藍佐《らんざ》ととりとめのないことを話していても、宇内の顔にはどことなく愉しげな色があった。

翌朝、使いを五条の花足のもとに走らせると、帰ってきた使いははたして都の北にある塞《さい》の大池の水の色が、たしかに変わっているとの返事を携えて戻ってきた。

「やはりのう。これは面白いことになった。で、花足は詳しい刻限については何か云っておったか」

「詳しいことはまだ分からないそうです。ですが花足さまは明日の午《ひる》か明後日の午ではないかと申しておりました」蓉《よう》という名の賢い雑色《ぞうしき》はそう答えた。

「なるほど、では支度を調える時間も十分にあるな」

「ようございましたな」藍佐も喜ばしげな顔でそう云った。結局藍佐も珍しいことについては眼がなかったのである。

「午過ぎには、香蓮《こうれん》の店に参るぞ。抜け目のない香蓮のことだから、もう雨竜のことは知っておるはずだ。さぞかし喜んでおることだろう」宇内はそう云った。

雨竜見物は景京の人々にとっては大きな喜びであった。雨竜が昇る場所が都から行ける距離であれば、老若男女、貴賤《きせん》を問わず、多くの者が天に翔《か》けあがる雨竜を眺めに出かけた。二年前は都の大路の人影が少なくなるほどだった。たしかにそれは見物に値するものだった。何しろ一生のうちにそう何度も見られるものではなかったのである。そして此度《このたび》竜の仔《こ》がいる塞《さい》の大池は四輪山《しりんざん》の麓《ふもと》にあり、都から女の脚でも半日かからずに行くことができた。人が繰りだすことは容易に想像できた。

二年前、香蓮の見せ棚は雨竜見物に出かける人々のおかげで大きな利益を上げた。しかしそれはつまりは商人《あきびと》としての香蓮の才覚のゆえだったのかもしれない。香蓮の見せ棚で売っていたのは衣だけではなかった。烏帽子《えぼし》も売れば沓《くつ》も雨衣《あまごろも》も売った。

香まで売っていたくらいである。雨衣に関しては、香蓮《こうれん》はこれまでの柿渋を塗った重い衣傘《きぬがさ》だけでなく、香蓮自身が新しく工夫したふたつのもの、折《へ》ぎ板の軽い被り笠と、桐油を塗った紙と衣を重ねて、直衣《のうし》や水干《すいかん》の上に羽織るようにした外衣を売った。商いに関しては眼から鼻に抜けるように聡い香蓮は、それを使用人に使わせるだけでなく、俳優《わざおぎ》たちに只《ただ》で配った。二年前、雨竜《うりゅう》見物があった時、香蓮は職人たちを夜通し働かせ、一日で驚くような量の被り笠と外衣を作らせ、しかもそれをすべて売り切った。

藍佐《らんざ》を伴って宇内《うない》は香蓮の見せ棚を訪れた。見せ棚の前には華やかに飾り立てた牛車《ぎっしゃ》が妍《けん》を競うように並んでいた。香蓮がこうして大路に見せ棚を出して以来、そのような風景は珍しくなくなったが、今日はことのほか牛車の数が多かった。

見せ棚のなかに入るとなかは貴族や地下《じげ》の者などで混みあっていた。

「ずいぶん混んでおりますな」藍佐が云った。

「そうだな。みな雨衣を求めにきたのだろう。雨竜のことはもう知れ渡っていると見える」宇内はそう応じた。

「これは宇内さま、そろそろいらっしゃる頃と思っておりました」

宇内と藍佐の姿を見つけて香蓮がやってきた。香蓮は歳こそ宇内より少し上くらいだったが、衣や布に関しては景京《けいきょう》の誰よりも詳しいとの評判をとっていた。渋い柿色の袿《うちき》の上に明るい花浅葱《はなあさぎ》の唐衣《からぎぬ》を羽織っていた。その取りあわせは香蓮のやや大作りな目鼻立ちによく似合っていた。

「香蓮、ずいぶんな賑《にぎ》わいではないか」

「今日は特別でございますよ。久方ぶりの雨竜でございますから」

「そちも塞《さい》の池には参るのか？」

「さて、どうしたものかと思っております。わたしはこわがりですから」

「こわがり？　何がこわい？　大池は都から近いぞ。そもそもそちにこわいものがあるとは知らなかった」

「まあ、宇内さま、非道《ひど》いおっしゃりようですわね」香蓮は艶《つや》を含んだ声でそう云った。「河犬や河蜘蛛がおりますでしょう」

「そうか、そういうものもいたな」

宇内はうなずいた。云われてみれば、塞の大池にはたしかにこわいと人が云うものも棲んでいた。

河犬とは大きな湖や池や河にいる猛々しい水の獣で、犬と名が付いているが、犬にはまったく似ていなかった。高莫《こうばく》や水楼《すいろう》などの北の国に多いが、塞の池にもいくらかいるらしかった。

河蜘蛛もやはりそういう湖や河の深みに棲むもので、それがどんなものかは人によって云うことが違っていた。しかし脚が四本ではないらしいことと糸を使うことで、蜘蛛という名前が与えられていた。河蜘蛛は河犬と違って、化怪《けかい》の一種らしかった。

「おそろしい話も聞きますから。人を水のなかに引き摺って食うとも申しますでしょう」

「人が多いところには河犬も河蜘蛛も出てこないであろう」

金子《きんす》に眼がない女だったが、香蓮《こうれん》はもとより世慣れた女であり、話を交わすのも楽しかった。

桐油を塗った外衣を従者のために何枚か買い、柿渋の傘を買い、それから香蓮に薦められて、丈が長く、雨も染みこみにくいという皮の沓《くつ》を買った。

少し形の変わった烏帽子《えぼし》や美々しい狩衣《かりぎぬ》に眼を惹かれて、しばし悩んだが、それはまたの機会にすることにした。購《あがな》ったものを牛車《ぎっしゃ》につめこみ、ふたりは上機嫌で香蓮の見せ棚を後にした。

屋敷に帰ってから宇内《うない》と藍佐《らんざ》は翌日の雨竜《うりゅう》見物について詳しく相談した。室《へや》にいると、雨が降っているというのに少し暑く、明障子《あかりしょうじ》は開け放しにした。

雨竜は正午に昇ることが多かった。見逃しては元も子もないので、夜明け頃に牛車で出ることにした。総勢は牛飼童《うしかいわらわ》を含めると六名になった。宇内、藍佐、それに女房の菜生《なよい》と、菜生の世話をする下仕《しもづか》え、四人が牛車に乗り、車副《くるまぞえ》として蓉《よう》に牛車の横を歩いてもらうことにした。屋敷に残ることになったほかの女房や召使いたちは、同行の決まった者たちをひじょうに羨ましがった。

それだけの人数が外で一晩、もしかしたら二晩過ごすことになるので、支度は大変だった。

宿に関しては、街道の図を見ると塞《さい》の大池に接する道が二本あり、そのあたりに宿駅もあって、さらに大きな社《やしろ》も寺もあった。また見知りの郡司の屋敷もあった。しかし、宿駅は下々の者が多すぎたし、郡司のもとに厄介になるのも気ぶっせいだった。寺に金子を与えて泊めてもらうのが一番よさそうだった。

そうしたことはべつに宇内が考えなければならないことではなかったが、できるだけ気分良く過ごすためには必要であるとも云えた。酒や食べ物についてもだいぶ細かいところまで決めて、あとの指示は藍佐にまかせ、その後、宇内は夜まで文庫《ふみぐら》に籠った。雨は絹のように繊《ほそ》く、庭の砂《いさご》を打つ音は聞こえず、さらに周囲の音まで吸いとるのか、あたりはずいぶんと静かだった。廊《ろう》を渡る足音などもあまりに微かで、ふと顔を上げると、麦湯と甘葛《あまずら》をかけた練り菓子を持ってきた蓉《よう》の姿があったりした。

その夜は早めに床に就いた。

夜明けにはまだだいぶ間がある頃、蓉が起こしにやってきた。廊下に出て空を見ると雨のやってくる先はまだ暗かったが底光りするようで、やはり普段の空とはよほど違って見えた。

粥を食していると藍佐《らんざ》も起きてきた。干物、持《も》ち飯《いい》、傘、床几《しょうぎ》など、支度は万全で、すでに泊めてもらう寺に使いも出してあるということだった。雨竜《うりゅう》見物というのは何もかも特別だった。寺も汎《はん》の社《やしろ》も神の社も百姓の家も杣《そま》の小屋も木挽きの小屋も、すべて宿になるに違いなかった。

大路に出ると、牛車《ぎっしゃ》がちらほらと見えた。御所のほうに向かってはいないので明らかに朝議のために参内《さんだい》するのではなかった。歩く者の姿もあった。みな大池につづく街道のほうに向かっていた。なぜこんな者までがというほどの者たちも歩いていた。乞食《こつじき》も歩いていたし、聖《ひじり》もいた。職人体《てい》の者もいたし、つれだって歩く浮《う》かれ女《め》たちもいた。濡れるのを厭《いと》って裾をからげて白い脛《すね》を剝きだしにしていた。そうした下《しも》つ方《かた》の者たちに混じって、牛車を三台並べて街道に向かう位の高い貴族もいた。それは節会《せちえ》と下々の花遊びを混ぜたような光景であった。

都を取り巻く濠《ほり》の橋の手前で、偶然聞音《ききね》の牛車と一緒になった。もちろん雨竜見物に出たのだった。聞音はしばらく宇内の牛車に移ってきて話をした。

「御言《みこと》もどうやら雨竜見物に遊ばされるようじゃ」聞音は云った。

「そうか、御言といえども望んで見られるというものではないからな。それに珍らかなことは元々お好きなかただ」

「どうも女車を装って、遊ばされるようだ」

「なるほど、こんな時でもあるからな」

臨光帝《りんこうてい》は平らかに即位したわけではなかった。即位までには紆余曲折があったし、きなくさい話も色々あった。結局は臨光帝を推す者のほうが多く、帝位を継承することになったが、先の明遠帝《みようおんてい》の御代《みよ》から隠然たる勢力をもつ美門卿《びもんきよう》は、臨光帝のこれまでの行状を帝位に相応しからぬと難じて明遠帝のべつの御息男、つまり御言の幼い弟を推したのである。美門卿は摂政の地位を得ようと考えていたのだった。そして卿は臨光帝が即位したいまも、その望みを諦めていないという話であった。諦めていないということは、つまりは血が流れる沙汰になっても構わないということだった。

「そういえば、美門卿《びもんきょう》の屋敷の前を通ったら、牛車《ぎっしゃ》の支度がしてあった。美門卿も雨竜《うりゅう》見物に出るようだ」

聞音《ききね》は宇内《うない》たちが宿をどこにとるか尋ねて、自分の牛車に戻っていった。

「ほんとうに色々なお方が見物に参るのですね」話好きの聞音が帰ると、菜生《なよい》が云った。

「雨竜見物には上も下も歳も財も関係がないからな」宇内が答えた。

「美門卿には少しおそろしいところがございますな」藍佐《らんざ》が声を低くして云った。

「ほう、どこがおそろしい」

「どこがと云えるわけではないのですが、以前、琴《きん》を弾じました時、ずっと見られているようで、少々気味の悪い思いをしました」

「ははは、それはそちに懸想《けそう》しておるのだろう」

「ご冗談を」藍佐はだいぶ気を悪くしたようだった。「それに美門卿の供もどうも気味合いがよくありません」

「羽有《うゆう》か。あれはたしかに少しばかり変わっておる」

「あの方は唐人でございますか」

「いや、違うはずだ。唐人でも倭人《わじん》でもない。蕃東《ばんどん》の生まれと聞いている」

「話す声を聞いたことがないし、姿からてっきり唐人かと思っていました」

「幻術や方術を使うとも、鬼道に通じているとも云われているな」

「幻術や方術ですか。それはどのようなものですか」菜生が尋ねた。

「空を飛んだり、壺のなかに入ったりすることだ」宇内が答えた。

「空を飛ぶのは鳥や竜にまかせて、壺に入るのは鮒《ふな》にでもまかせたらいいのではございませんか」

「ははは、菜生、まったくその通りだ」

「菜生、そちはまだ悪い人間というものを知らんからなあ」藍佐が口を挟んだ。

菜生は少し口を尖らせて云った。「藍佐さまは悪い人をご存じなのですか」

「まあ、知っているともいないとも云える」藍佐はどうとでもとれることを云ってはぐらかした。

牛車は都を囲む濠《ほり》からだいぶ離れ、開け放した物見から見える景色は、少しずつ鄙《ひな》めいたものに変わっていった。

屋敷を出て一刻ほど経ち、塞《さい》の大池までの道のりが半分以下になったので、車を止めて少し休むことにした。折良く街道沿いに汎《はん》の社《やしろ》があったので、社の者に声を掛けて、渡り廊下で雨を避けることにした。

　後ろから降りようとする菜生《なよい》に藍佐《らんざ》が云った。菜生はあまり牛車《ぎっしゃ》に乗ったことがなかった。

「菜生、降りるのは前からだ、人に笑われるぞ」

「でも、後ろから乗ったではございませんか」

「乗るのは後ろから、降りるのは前から、それが決まりなのだ」

「そういうものでございますか」菜生は納得がいかない顔だった。

「どちらでも構わないことは人と同じようにしておくほうがよいぞ、菜生、どちらでもよくないことはいずれ厭でもやってくる」宇内《うない》が口をはさんだ。

　一同で竹筒にいれてきた麦湯を小さな椀で喫《きっ》しながら、固まった手足を伸ばした。開いた戸のあいだから汎事に使う幣束《へいそく》が見えた。

「この汎の社と神の社がどう違うのかどうもよく分かりません。どちらもよく似ているように見えるのですが」藍佐が宇内にたずねた。

「神の道というのは元々は倭国《わこく》から伝わったもので、汎のほうは蕃東《ばんどん》の古伝をもとにした信仰だ。『古記延説《こきえんせつ》』『蕃瑯旧事紀《ばんろうくじき》』のふたつがその源になっている、だがじつはその二書にはすでに倭国から渡来した考えが盛りこまれていると云われている。だから似ているのも当然なのだ」

「蕃卿というのは蕃東の昔の名ですね」

「そうだ、ずっと昔はそう呼ばれていたのだ。蕃東という名は、昔、水楼《すいろう》の国のあたりを支配していた蕃という豪族から来ているらしい。ふたつの古伝に蕃のことはあまり書かれていないが、蕃は優れた水軍を持って、倭国や唐やそれよりも遠いところと交易していたようだ」

藍佐は思案顔になった。

「では蕃東は倭国から色々借り物があるということでございますか」

「まあ、そうだ。しかし倭国からだけではなく、唐からも色々入ってきている。それに倭国自体も唐からの借り物で成りたっている。いずれにせよ蕃東のほとんどの者の先祖は、倭国から渡来した者だろう」

「そうなのですか。知りませんでした」

「宇内さま、倭国とはどんなところなのですか」菜生がたずねた。

宇内は何やら少し考えこんだが、やがて口を開いた。

「童《わらわ》の頃に一度行ったのだが、あまりよく憶えていないのだ。妙な話し方をするとしか記憶がない。船で六日もあれば渡れるし、商い船も月に一度くらいは出ている。いずれまた行きたいものだが」

「言葉は同じではございませぬのか」

「まったく同じではない。だがだいたい分かる。唐や百済《くだら》の言葉はまったく分からないが」

「わたしもいつか行きとうございます」菜生《なよい》は眼を輝かせてそう云った。

「そうか、しかし海というものは危ないものだぞ。潮の加減というのもあるし、水《すい》妖《よう》がたくさんいる。なかにはひどくおそろしいものもいる。倭国《わこく》に行く船の五隻に一隻は帰ってこないとも云われている」

「そうなのでございますか。たしかに濡れるのは厭でございます」

「菜生、濡れるだけではないのだよ」

藍佐《らんざ》が笑って云った。

あまりのんびりしていて竜が昇ってしまっても困るので、麦湯を喫《きっ》した後は間をおかずに牛車《ぎっしゃ》に戻った。一刻足らずで塞《さい》の大池に着くはずだった。

正午よりだいぶ前に宿となる寺に着いた。井戸で水をもらい、寺から案内の若い僧をひとり出してもらって、一行はそのまま塞の大池に向かった。

寺を出てふたたび街道に戻ると、前後に何台か牛車が街道を進んでいた。歩く人の姿も少なくなかった。雨の幕の向こうには四輪山《しりんざん》が霞んで見えた。前を行く牛車が右に現れた緩い登りの道に逸れ、宇内《うない》たちの車もそこで曲がった。それが目的の場所につづく道だった。緩く傾斜した道を、人も牛も牛車もゆっくりと進んだ。牛の声がずっと先から聞こえた。しばらくすると、前が詰まってきた。こうした鄙《ひな》の山道がこれほど人で賑わっているところを見るのはどうも不思議な感じだった。物見から見ると、歩いている者たちはみなつれだって出かけてきたようで、ほんとうにさまざまな人々が歩いていた。

若い僧の説明によると、この道が混んでいるのは、先に大きく開けた草地があり、そこはそのまま大池の岸に繋がっている上、大きな寺も山側にあり、さらに少し行ったところは木挽きの小屋なども並んでいるので、雨をしのぐ場所が多いとみな考えたのだろうということだった。

やがて樹間《このま》に水面が見えるようになり、不意に前方が開け、思ったよりずっと広い草地が現れた。草地の右の奥には大きな山門が見えた。なかなか立派な門で、その前に人だかりがあり、境内にも小さな人影が見えた。

山門の前から石を敷いた細い道が草地を横切ってつづいていた。多くの人がその道を歩いていて、それは岸辺までつづいていた。大変な数の牛と牛車《ぎっしゃ》がその草地を縁取るように駐まっていた。牛飼童《うしかいわらわ》が宇内《うない》に駐める場所の指示を求め、宇内はなるべく岸の近くにと答えた。さらに牛を進めると半ば木に隠れた杣《そま》の小屋から下ってくる道のあたりに空きがあった。そこまで行くと岸辺の奇妙な賑わいもよく見えた。

「大したものだな。これほどの人出とは思わなかった。応象寺《おうしょうじ》の大仏の開眼会《かいげんえ》のようだ」宇内の口からそんな言葉が漏れた。

利に聡い都の商人《あきびと》たちが図ったのだろうか、それともこの近くの百姓の思いつきでもあろうか、四、五間ばかりの幅でつづく岸には、雨をしのぐだけの簡単なものではあるが、とにかく屋根があり、莫蓙《ござ》を敷いた、あるいは床几《しょうぎ》を置いた四阿《あずまや》がいくつも並んでいた。近づいてようすを見ると、刻限を決めて金子《きんす》をとって貸しているようだった。

にわか仕立てのそれらの四阿の形はほんとうにさまざまで、しっかりと垂木《たるき》を渡したものがあれば、棒と縄で造ったようやくふたり入れるくらいの粗末なものもあった。さすがにどの四阿も、屋根は手に入るものなら何でも使ってみたという具合で、茅を使ったそれなりに見栄えのいいものもあれば、蕗《ふき》の葉を重ねただけのものもあった。

そうした四阿に金を出す者は貴族か地下《じげ》の富裕な者だけだったが、そのなかで茶を喫《きっ》し、象棋《しょうぎ》を指し、歌合わせまでしているさまを見ていると、何とはなしに心が浮きたってきた。それは美しい眺めとは云えなかったが、興をそそるものではあった。

「これをわずか一日で造ったのか。人というものは大したものだな。あそこにあるものなどじつに見事に仕上がっているではないか。しかし、人の知恵が大したものなのか、金子を求める心が大したものなのか」宇内は独り言のように云った。

竜が現れるまで宇内たちも四阿をふたつ借りることにした。草地にくるまでは、牛車のなかに籠って、蓉《よう》に竜の覡《かんなぎ》の宣することを伝えてもらうか、傘をさして床几にすわって池の畔で待つことになると思っていたので、これはずいぶん幸運のように思えた。雨竜《うりゅう》見物はだいぶ安逸なものになりそうだった。

池の岸辺と広い草地の賑わいはまったく驚くべきものだった。口上を云いながら酒や獣の干し肉を売り歩く者がいて、いったいどこで弾いているのか、薄い雨を通して月琴の音まで漂ってきた。

見知った顔もたまに現れて驚かされた。聞音《ききね》もまた四阿のひとつをすでに借りていて、女房たちとのんびり歌合わせをしていた。

花足《かそく》の姿があった。花足は若い祝《ほうり》を三人つれていた。花足のまわりにはつねに人が集まっていた。みな竜の昇る刻限を知りたかったのだ。

草地を行き交う人々を見ていると、美門卿《びもんきよう》の姿がちらりと眼に入った。肉置《ししお》きの厚い体を華美とも云える束帯に包み、石帯《せきたい》に飾り刀まで差していた。四人の供をつれており、一番後ろにいたのは羽有《うゆう》だった。羽有は灰色の褐衣《かちえ》に細長い体を包んでいた。

まるで花園《かえん》のようだった。鮮やかな色の直衣《のうし》を着た若い貴族たち、貴族たちのつれている相撲人《すまいびと》や俳優《わざおぎ》、被衣《かずき》姿の女房たち、白拍子《しらびようし》、浮《う》かれ女《め》。ある者は傘をさし、ある者は薄く温かい雨に濡れながら、動く花のように草地を歩きまわった。大きな者、小さな者、老いた者、若い者、人に飼われる犬や、鸚鵡《おうむ》すらいる草地の賑わいは、たしかにこれまで見たことがないものだった。

大池のほうに眼を転じると、池の面《おもて》はいま紺色に見えた。その紺色の水面に繊《ほそ》い雨が吸いこまれるさまには趣があり、飽くことなく見ていることができた。濃い紺色は竜が天に昇る時が近づくにつれてしだいに明るくなり、さまざまな表情を描くということだった。また竜が昇る直前は雨が激しくなるということも云われていた。池の向こうの岸辺が時折波立った。茶色い影がいくつかその波のあわいに見える気がした。河犬かもしれなかった。

春の長い一日もようやく暮れはじめた頃、花足が今日はもう昇るまいと岸辺の人人に宣し、人々の心はその夜をどうやって過ごすかに移った。宇内《うない》たちは寺に引きあげることにした。


寺に泊まるのは宇内たちだけではなかった。ほかに三組の貴族と従者がいて、合わせると二十を越える者が寺の堂のなかにいた。

食べるのもその堂で、寝るのも、少なくとも男たちはそこですまさなければならなかった。枕もなく、夜着を掛けただけで板の床に寝るというのは心躍る見通しとは云いかねたが、そうしたことも雨竜《うりゅう》見物の一部だったので不満を口にする者は誰もいなかった。

食べるものは、携えてきた持《も》ち飯《いい》や魚の干物で、さらに住持が粥《け》の汁を出してくれたので、思ったより賑やかなものになった。

酒はたくさん持ってきていた。ほかの貴族たちも同様だったようで、酒のやりとりをしているうちに、しぜんに宴《うたげ》のようになった。

藍佐《らんざ》や菜生《なよい》は経験のないことだったので珍しそうにそうした光景を見ていた。宇内にしても寺の堂でこうした酒宴をやった憶えはなかった。

そこへ聞音《ききね》までやってきた。

聞音も供に酒を持たせてきていた。聞音という男は衣と酒には眼がなかった。

しばらく聞音も交えておもしろおかしく話した後、菜生《なよい》が「聞音さま、面白い話をしてくだされ」とせがんだ。

乞われた聞音はしばらく思案していたが、やがて口を開いた。

「菜生の若女房殿は、遠出したことはおありかな。都から遠く離れたことは」

「余坂《よさか》に行ったことがございます」

「余坂か。春に一宿して花でも観に行ったか」

「そうです。なぜ分かるのですか」

「みんなすることだからな。燕州《えんしゅう》の花木はたしかに見応えがある。では北で一番遠くはどこだろう」

「北はこの塞《さい》の大池が一番遠いです」

「そうか。では菜生殿。塞の大池のさらに北には何がある？」

「えーと、高莫《こうばく》がございます」

「そうだ、そうだ。で、その先は？」

「山ではございませんか。ずっと山ではないのですか。高莫は高い山がたくさんあるところだと聞いていますから」

「いやいや、その先には水楼《すいろう》という都があって、その先には月都《げっと》という都がある」

「その名前は聞き覚えがあります。月都というのはどういうところなのでしょうか、ずいぶん美しい名前ですが」

「月都は名前ほど美しいところではない。しかし景京《けいきょう》とはだいぶ違うな。雪がここより多く降る。でその先は？」

「まだ先があるのでございますか」

「あるな。まだたくさんある」

聞音は菜生の顔を面白そうにのぞきこんだ。酒もよほど進んでいたのでさすがに聞音も少しばかり酔っていた。

「月都の先は海だ。海がずっとつづく。そうしてその先はまた陸になって、そこに国がある」

「まあ、そんなところにも国があるのでございますか。何という国でございますか」

「名前はない。名前のない国で、名前のない民が住んでいる」

「まあ」

「で、その先には何があると思う?」

「分かりませぬ。何でしょう」

「名前がない北の国の氷の原をどこまでもどこまでも行くと眼路のかぎりに、その果てに、大きなものが茫《ぼう》と見えてくる」

「それは何ですか。山ですか?」

「山のように大きなものだが山ではない。もっと近寄ってみると分かる。それは脚だ」

「脚」

「そうだ。山のように大きく太い脚だ。あまりに大きいので上のほうは霞んで見えない」

「何の脚なんですか」

「亀の脚だ」

菜生《なよい》は眼を丸くした。

「亀ですか」

「そうだ、亀の脚だ。亀は天を支えているのだ。同じような脚が西と南と東の果てにある」

菜生はずいぶん驚いたようだった。

「そうなのですか。知りませなんだ。聞音《ききね》さまはそこまで行ったことがあるのですか」

横にいた藍佐《らんざ》は最初は含み笑いをしていたが、そこで大きく口を開いて笑った。菜生はからかわれたと悟り、聞音の顔を恨めしげに見遣った。

「ぜんぶ嘘なのでございますね」

聞音は真面目な顔で答えた。

「いや、分からん、何しろ誰も行ったことがないからのう。しかし、唐の昔の学者はそう信じていたらしい」

「まあ、そうなんですか」

藍佐がそこで口を挟んだ。

「昔の人はさまざまなことを云うものですね。天を支える亀というものがいるとは思えないが、なぜ亀なのか面白うございます」

「そうじゃな、なぜ亀でないといけないのか、よく分からんが、かの国では亀はいいものだと思われているから、不思議はないのかもしれん」聞音が答えた。

昼間の疲れが出たことと、座が酒のせいで乱《ろう》がわしくなってきたので、女房たちは離れに引き取った。菜生《なよい》と下仕《しもづか》えも断りを云って離れに向かった。その後は男たちもそのまま横になったりなどして、堂のなかはしだいに静かになっていった。

酔いを醒ますためもあって、宇内《うない》は泊まっているところに帰る聞音《ききね》を山門まで送っていった。藍佐《らんざ》も一緒に堂を出た。

堂を出て見あげると雨は暗い空の何もないところから生まれてくるように見えた。腕に触れる水滴は温かかった。

山門で聞音はそれまで云わずにおいたことを口にした。

今日の夜明け頃、御言《みこと》は普段は決して乗ることのない牛車《ぎっしゃ》で雨竜《うりゅう》見物に向かうために御所を出た。そして宇内たちと同様に午《ひる》になる前に大池の近くまで辿り着き、人目を避けるためと、池を見おろす恰好の場所があるということで、宇内たちとはべつの道、それより険しい道に入ったそうである。

「聞音、なぜそんなことを知っているのだ」

「当麻《たぎま》に聞いた。あいつは怪我をしたぞ」

「当麻がか、深傷《ふかで》なのか」

「いや、二の腕の肉が多少殺《そ》がれたかもしれんが、まあ半月もすれば治るだろう。おれの牛車が街道から山道に逸れようとした時、向こうから牛車がやってきた。横を歩いていたのは当麻で、当麻の直衣《のうし》の袖は肩のところが大きく破れていて、腕には傷があった。おれは牛車を降りて話を聞いたのだ」

「どういうことだったんだ」

「それなんだが」

聞音は声を潜めた。

「当麻がずっと御言のおそばについていたことは知ってるだろう」

「そうらしいな、しばらく顔を見ていない」

「それは警護のためだったのだ。今日も当麻は御言の供として、牛車で大池に向かっていた。そして大池に流れこむ河にかかる橋を渡り終えた時、後ろで騒ぎが起きた。御言の牛車を牽く牛が暴れだしたのだ。当麻は急いで牛車から飛びだして、暴れる牛の首の帯を切って、牛を切り離した。そうしてことなきを得た」

「その時怪我をしたのだな」宇内は云った。

「そうだ。下手をしたら死んでいたかもしれん」

宇内は低く唸った。

聞音は声を低めて喋っていたが、そこでいっそう声を小さくした。

「で、その時、近くに羽有《うゆう》に似た男がいたらしい」

「似た男か、はっきりは分からなかったのか」

「おれは見ていないし、当麻《たぎま》は何しろ忙しかったわけだからな。そう云ったのは牛《うし》飼童《かいわらわ》だ」

「羽有《うゆう》の仕業なのでしょうか」黙って聞いていた藍佐《らんざ》が口をはさんだ。

「わからん」聞音《ききね》は首を横に振った。

「牛飼童は牛が暴れる前にその男と擦れちがったらしい」

「その時、幻術でも使ったのでしょうか」

「それも分からん。牛を狂わせるくらいなら、耳に蟲《むし》の群玉《むらだま》でも入れたらすむ。だが」

聞音は思案顔で言葉をつづけた。

「御言《みこと》は牛車《ぎっしゃ》のなかで深く眠っていたそうだ。当麻は最初死んでいると思ったそうだ、それほど深く眠っていたらしい。そのまま水に落ちたならまず助からなかったろう」

「やはり、幻術ですね」藍佐が云った。

「さてさて」

聞音は藍佐の問いに答えなかった。

「御言はやがて眼を覚まして、当麻からことのしだいを聞いた。御言はそれでも雨《う》竜《りゅう》を見たいと云ったようだが、さすがに当麻は押しとどめて、結局当麻が乗っていた牛車で御所に帰られた。珍しいものが好きな御言のことだから、さぞかし残念な心持ちだったろう」

「まあ、当麻が怪我をしていたのだから、御言もあまり強くは云えなかったのだろう」

「牛はどうしたのでございますか」藍佐が尋ねた。

「河に落ちた。しばらく水のなかで暴れていたが、河犬がそのうちにやってきたそうだ」

「河犬ですか。それは実際はどういうものなのですか」

「獣だが大きな虫のようにも見える。一匹だと大したことはないが、たいてい群れで動く。牛はすぐに深みに引きずりこまれただろう」

「おそろしいものでございますな」

「そういう死に方はしたくないな。しかしまだ美門卿《びもんきょう》は諦めておらぬと見える。何とも面倒なことだ」

聞音はそう云って、提灯で足下を照らす供と一緒に帰って行った。

酒が少しばかり過ぎたらしく、翌朝は宇内《うない》も藍佐《らんざ》も早く起きられなかった。大慌てで支度を調えて、一行は大池に向かった。

新たに到着した者もあって岸辺や草地はいっそうの賑わいだった。

都の辻売りたちも集まってきたようだった。しかし辻売りたちはだいぶ悔しい思いをすることになった。ほとんどの者が品物をすぐに売り切ってしまったからである。

貴族たちは物珍しげに辻売りから獣の干し肉を買っていた。普段は仏の教えがあるので獣はあまり食べなかったし、それ以前に辻売りの売るものを口に入れることはなかった。しかしなかったからこそ貴族たちはみずから辻売りに声を掛けてさまざまな物を買った。

音曲の音がさらに高くなっていた。酒を飲んでいる者が多く、喧嘩も起こっていた。不思議な芸をする者もいた。蕃東《ばんどん》の者だけでなく、唐人も倭国《わこく》の者も少なくなかった。

下々の者が濡れることも厭《いと》わず蹴鞠《けまり》をはじめた。元木《もとぎ》代わりの枯れ木を四隅に立てて鞠壺《まりつぼ》を作り、そこでいかにも楽しげに鞠を蹴りはじめた。上手《じょうず》が多く、さらに見物から覚えがある者がくわわり、あたりは歓声や掛け声に満たされた。鞠壺はそのうちひとつでは足りなくなって隣にもうひとつ作られた。

なかでも群を抜いて見事な技を見せる者があった。それは女で、衣や髪から察すると倭国の者らしかった。

「あの女は倭国の者だな。ずいぶんの上手じゃ」

やがて貴族のなかの蹴鞠好きが耐えきれなくなり、仲間にくわわった。雨のなかで貴族と地下人《じげにん》が一緒になって蹴鞠をする光景は、云うまでもなく珍しいものだった。

宇内たちもしばらく蹴鞠に興じる者たちを見物した。貴族のなかの一番の上手は仙道《せんどう》で、それほど親しくはなかったが、宇内も藍佐ももちろん顔見知りだった。

仙道の技は見事なものであったが、倭国の女の技は見事な上に珍しいものであった。前で蹴りあげて、鞠を体の後ろに回し、踵で蹴りあげてまた前に戻し、それから隣の者に渡したりした。仙道ですら女の技に思わず感嘆の声を漏らしたほどだった。女の巧みな技がきっかけになって、蹴鞠はさらに見応えのあるものになっていった。女の身分は分からなかったが、衣も賤しいものではなく、髪は艶やかで、顔の色はあくまで白く、足の先の動きは迅《はや》くかつ優雅だった。

ひとしきり蹴鞠《けまり》を見物した後、宇内《うない》たちはその場を離れ、自分たちの四阿《あずまや》に戻った。

水面はさらに不思議な色に変わっていた。もう紺色ではなく明らかに青と呼べる色になり、中央付近はやや翠《みどり》を帯びていた。そのようすは竜が昇る刻限がそう遠くないことを告げているようでもあった。

怒声が響き、みな声があったほうに顔を向けた。宇内たちもそちらを見た。そこには美門卿《びもんきょう》の姿があった。美門卿がそれほど近くにいることは驚きだった。宇内たち同様、にわか仕立ての四阿を借りたらしかった。痩せて背の高い羽有《うゆう》の姿もあった。

美門卿は粗末な身なりの娘に向かって何事か云っていた。それから不意に打擲《ちょうちゃく》した。見ていた者が思わず息を飲むほど激しい打擲だった。娘は倒れ、眼を閉じ、死んだようになった。年寄りが駆けつけて娘を抱き起こし、地に頭を擦りつけて何か云ってから娘をつれさった。

美門卿の家は兵《つわもの》を業としていた。もう若くはなかったが、堂々たる体軀《たいく》でつねに人を驚かすような身繕いをしていた。派手で美々しいだけの衣を陰で嗤《わら》う者も少なくなかったが、それを知っても意に介すことはなかった。腰にはいつも飾り刀を佩《は》いていた。鍔《つば》が異様に大きく、鞘も太く、いかにも綺羅綺羅《きらぎら》しい刀だった。

「どんな理由なのかは知らないが、無体なことをなさいますな」藍佐《らんざ》が怒りの籠った声で云った。

「あの人はだいじょうぶでしょうか」菜生《なよい》も心配げだった。

「そうだな、だいじょうぶだといいが」宇内が答えた。

藍佐が近くにいた者に話を聞きに行くと、娘が打擲されたのは別段娘が粗相をしたからではなく、四阿の屋根から水が滴って冠《かん》が濡れたことが気に障ったのだろうということだった。

雨が不意に止んだ。

みな空を見あげ、それから大池のほうに顔を向けた。

中央にあった翠色《すいしょく》が周囲に広がり、いま水面は青と翠《みどり》の斑になっていた。草地にいた者はすべて、蹴鞠をやっていた者も、負販《ふはん》の者も、白拍子《しらびょうし》も、みな岸に向かった。岸辺は人で溢れ、けれど、それほどの人がいるにもかかわらず、まるで夜のように静まった。

花足《かそく》と祝《ほうり》が申し事の声を上げはじめた。しかし、老いた花足は間もなく御幣《ごへい》を下ろし、まだもう少しかかると周囲の者に宣した。

その言葉で岸辺の群衆の緊張が緩み、あちらこちらで話し声が上がった。岸で押しあいへしあいしていた者たちは、ある者はぶらぶらと草地に戻り、ある者はその場に留まった。

宇内《うない》も腰を上げて四阿《あずまや》を出て、そのあたりを歩きはじめた。雨が上がっていたので傘は要らなかった。美門卿《びもんきょう》の一行は四阿を三つ借りていた。宇内はいかにも手持ち無沙汰なようすで、そちらのほうに向かって歩いていった。ややあって藍佐《らんざ》が見ると、しゃがんで何やらひとりの子供と話しこんでいた。

水の面《おもて》がまたようすを変えていた。いま水の色は明《す》んだ翠玉《すいぎょく》の色だった。ひじょうに美しい色だった。

そしてまた雨が降りはじめた。

最初の一滴を受けた瞬間に誰もがこれまでとは違う雨であることを知った。雨は勢いも激しく、粒も大きかった。

近くで悲鳴が上がった。見ると美麗な衣が、水の面をおそろしい勢いで奔《はし》っていた。いや衣ではなくもちろんそれは人で、体は半分ほど水のなかにあり、岸に向かって何事か叫んでいた。いかなることが出来《しゅったい》したのか誰も分からなかった。美しい衣を着た人は池のなかほどまで運ばれ、そこに水しぶきが上がり、黒い肢が何本か水面に現れ、衣はそれに包まれて一緒に沈んだ。しばらくその付近は泡だっていたが、やがて静かになった。

貴族の従者と思しい者が何人か水のなかに膝までつかって立っていた。岸にいるのは羽有《うゆう》で、ほかの従者と同様、驚きの表情を顔に浮かべていた。

「河蜘蛛だ」との声が響いて、そのあたりの者たちが悲鳴を上げて一斉に水際から逃げだした。

藍佐と菜生《なよい》も四阿を出て、草地のほうに逃げた。

草地で宇内がいないことに気づいて振り返ると、宇内は何事もなかったように四阿の前に立っていた。

少しして戻った藍佐は宇内に云った。

「あの束帯は美門卿のものではありませんでしたか」

「そうかもしれんな」宇内は水面を見ながら答えた。

「美門卿は河蜘蛛に食われたのですか」

「そのようだな。かわいそうに」

「おそろしいことになりましたな」

藍佐はそう云ってから、ふとあることに思い至った。

「宇内《うない》さま、さきほど美門卿《びもんきょう》のそばまで行かれましたな。あれはなぜでございますか」

「河蜘蛛が人を攫《さら》うやりかたを知っているか、藍佐《らんざ》」

「いえ、知りませぬ」

「河蜘蛛はまず小さい姿になって岸にいる獲物のまわりを何度か回る。何しろあまりに小さいので誰もそれには気づかない。そして見えないくらい細い糸を気長に獲物の体に掛けるのだ。まあ、たいていは足だな、人の場合も獣の場合も」

宇内はのんびりした口調で云った。

「おお、また色が変わったな。そろそろのようだ」

下がっていた人々がまた岸に近づいてきていた。

「そして十分に糸を掛けると水の底に戻り、それから獲物を一気に水のなかに引きずりこむ」

「もしや、宇内さま」

「子供がな、あそこに立っておろう。あの子供の足に糸が掛かっておった。わたしは足をそれから抜いてやった。危ないからのう」

宇内は池の面《おもて》を見ながらつづけた。竜の覡《かんなぎ》の声が高く響いた。

「そうして糸をちょうど横にあった鞘に引っかけて、ついでに柄《つか》のほうにも回しておいた」

「それは美門卿の刀の鞘ですか」

「どうであろう、そうかもしれんな。しかし、藍佐、見ろ、いよいよだ」

宇内は水の面を指さした。

翠玉《すいぎょく》の色の水面が不意に隆起し、つぎの瞬間、そこから竜が躍りでた。それは偉《おお》きく美しい竜で、体はまだ透き通っていた。三つの尾から飛び散った水の珠《たま》が、五彩の耀きを帯びて、みなの上に降りそそいだ。

貴い者も賤しい者も高く歓びの声を上げた。

†

蕃東（ばんどん）あるいは蕃東国（ばんどんこく）　日本海に位置する国家で、本州と海州と西州の三つの島からなる。古くは蕃瑯《ばんろう》の名で呼ばれた。人口六千万、首都は景京《けいきょう》。言語は蕃東語で、通貨単位は「貫」。主な産業としては農業、漁業、製造、観光。宗教は汎道、神道、儒教、仏教など。時代区分は古代が塩土《えんど》、木露《もくろ》、金節《きんせつ》、呈桂《ていけい》、百櫂《ひゃっかい》、中世が明安《みようあん》、前期景京、愛鷹《あしたか》、堅安《けんあん》、朱応《すおう》、近世は萄堂《とうどう》、海林《かいりん》、後期景京、奈図《なと》、統園《とうえん》、近代は元和《げんわ》、興明《こうみよう》、宣保《せんぽ》、欣雅《きんが》、明啓《めいけい》、平治《へいじ》とつづく。

蕃東の政治、宗教、文化は中国と日本の影響を強く受けている。とくに隣国である日本との関係は密接であって、時期によっては険悪な様相を呈したこともあったが、おおむね友好的な関係を保ちつづけた。隣接する国家間には軋轢《あつれき》がつきものなのでそれは稀な事例になるだろう。その理由としては両国が儒教的倫理観を持つことと、両者を隔てる海峡が航行に危険な水域であったことがあげられるかもしれない。また、国が成立するにあたって中心になったのが日本からの渡来民だったため、両国の言語の差は、イタリア語とフランス語の違い程度だと言われている。

政治形態としては古代から統園時代までが君主制で、元和元年（一八七〇）より寡頭共和制、後に議会制民主主義に移行した。医学と科学技術の水準は高い。美術、音楽、映像や漫画なども盛んである。

『万有百科事典』第九巻（石氷社、二〇〇五）「蕃東」の項より抜粋。

2 霧と煙

さて、よく知られるように、中世後期の蕃東国《ばんどん》には、賢帝と愚帝がほぼ交互に現れたわけであるが、これは愚帝のなかの愚帝という、あまり好ましからぬ呼び名を後の世の人々から献じられることになった臨光帝《りんこうてい》の御代《みよ》の話である。

逆説というものがどの程度に真理であるのか、何とも云えないところであるが、愚帝の統治する時代が民にとって住み難い時代かというと、どうもそんなこともないようで、この臨光帝が治めた時代も存外に民にとっては暮らしやすい時代であったようである。

臨光帝が在位していた時に成立した詩書『秋伶月清集《しゅうれいげっせいしゅう》』の序文で、著者である正三位《しょうさんみ》の貴族は、政《まつりごと》の野放図さと出鱈目《でたらめ》さを遠回しに揶揄《やゆ》する一方、都の文化についてはその豊穣さにいささか我田引水的ではあるが、高い評価を与え、同時に下層の人々の成す詩や芸事にも、一定の価値があることを認めている。

確かにこの時代は詩の最初の黄金期であったし、同時に演劇の第一の黄金期でもあった。おそらくその背景には、識字率の向上という事実があったであろうし、農業技術の発達、それに貨幣を基礎とした商業社会が成立したため、国全体が豊かになり、中世前期及び中期の、口を糊するだけで精いっぱいという生活からの脱却が可能になったことも忘れてはならないだろう。

さらに云うならば、この時代に貴族文化が爛熟し、民衆文化が勃興期を迎え、加えて経済という観念によって物事が動くようになった。その主因として支配者の愚かしさを挙げるのはいささか奇を衒《てら》った主張と云えようが、結果を見るとあながちそうとも云い切れない面があるようである。

大柄で色が白かったという御言《みこと》が実際のところ賢明であったのか、愚昧《ぐまい》であったのか、そのことに判断を下すのは難しい。ただ、御言がいかなる分野においても無能だと当時思われていたことは確かなようである。

中世はもちろん御言が一番権力を握っていた時代であって、偉大な父明遠帝《みようおんてい》から国を譲られた臨光帝《りんこうてい》もやはり強大な力を持っていた。御言はこの時代には珍しく、兄弟たちとの相克を経験することもなく、逆臣に煩わされることもなく、奸臣《かんしん》に騙されることも、さらには佞臣《ねいしん》に惑わされることもなく、生を全うしたように見える。

けれども、そうしたものは権力者には付き物のはずである。記録に残っていないだけで、臨光帝もまたその種の困難を経験したことは間違いないだろう。敵対する者もいただろうし、御言を護持しようという者もいただろう。それが支配者というものの常である。けれど、臨光帝の場合、敵対する者は御言の愚かしさを見て、己《おの》が才知を有効に用いるべきだと考えた。また護持する側に立った者もやはり同様に考えた。そう、臨光帝に関することでもっとも興味深く思われることは、御言が味方からも敵からも無能と思われたという、その一事なのである。

御言の行跡を伝える記録は多くはない。公式な歴史書が伝えるところによれば、臨光帝は手を焼きながらも北方の反乱を平定し、それまで禁じていた倭《やまと》以外の外国との通商を限定つきではあるが認めた御言というふうになる。一方、非公式な歴史書やさまざまな種類の文書に断片的に現れる記述から垣間見えるのは、奇妙な制令を発布し、発布したそばから撤回しては、また別の奇妙な制令を発布する奇矯な人物で、かつ好色であり、詩歌や俳優《わざおぎ》を好み、蹴鞠《けまり》や相撲《すもう》を好んだ人物である。実際、臨光帝の発した制令には奇妙なものが少なくない。それはたとえば緑色の鳥に関する不可思議な決まりであったり、蕪《かぶ》に関する愚にもつかぬ布告だったりした。緑色の鳥に関してはどうやら禁色《きんじき》と関係あるらしいのだが、いまに至ってもその理由を明確に解きあかした者はいない。民はそうした奇妙な布告を哄《わら》ったが、それを無視した者に下される罰は意外に厳しいものだったので、ばかばかしく思いながらも従わざるを得なかったようである。だが、臨光帝《りんこうてい》の御代《みよ》の民は確かにさほど不幸ではなかったと思われる。もちろん身分制度は厳然と存在してはいたが、身分制度のない時代というのは実質的な面から考えると有り得ないものであるし、むろん税を支払うことが義務づけられていたが、それもほかの時代に比べて、法外に苛酷ということはなかった。

民にとって悪くはない時代だったということは、この時代に見える民衆文化の質的な変化、たとえば、無名の者によってこの時期に成立した艶笑譚の集成『紅舌《こうぜつ》集《しゅう》』を繙《ひもと》くだけでも察せられるだろう。それに臨光帝の時代は貴賤の交わることがそれまでに比べて飛躍的に多くなった。遊女《あそびめ》や歌女《うため》や力士や盲目の楽士は頻繁に貴族たちの屋敷の門を潜《くぐ》った。逆に貴族が平民や賤民のあいだに立ちまじって行う舟遊びなども盛んに行われた。そう、縷々《るる》述べるように、愚帝と世に称せられる臨光帝の時代は意外にも良い時代であった。だが、元来、賢帝と愚帝の差、それに善政と悪政の差とは、陽炎《かぎろい》のように曖昧なものであるのかもしれない。

さて、これはそうした時代の話である。その頃名高かったふたりの盗賊の話である。

その年の舟合わせも盛大であった。何事によらず遊びというものに眼のない臨光帝はまた舟の遊びも好んだ。舟合わせというのは、臨光帝がはじめた舟を闘わせる遊びである。都の前に広がる入江で、それは春も終わりに近づいた頃に行われた。舟入江の中程にある、小さな島を目指し、二、三百艘ほどの舟が春の海を渡った。舟の大きさや種類はさまざまで、漁師がひとりで漕ぐ小さな舟から、十余名の漕ぎ手を乗せて、麗々しく飾りつけた貴族の舟まで、さまざまな舟が汀《みぎわ》に並んださまは壮観であった。そして競ったのはとにかく速さで、一番最初に小島の浜に辿りつき、岩の上に立つ青衣《しょうえ》の女子《おみなご》の手から鳥の尾羽根を受け取った者が勝者となった。勝った者には金や銀が与えられた。加えて一番乗りすることはひじょうな名誉になった。つまり、舟合わせにおいて、平民たちは金を求め、貴族たちは宮廷での立場の向上を求めたわけである。そしてそれは死人の出る遊びでもあった。無理をした漕ぎ手は疲労のため絶命し、僅差で敗れた貴族の舟の漕ぎ手がその場で首をはねられるなどといったこともないわけではなかった。

芳しい軽風が砂浜で見物している者たちを洒《あら》い、法螺貝の音が朗々と波の上を渉り、舟合わせがはじまった。伶人《れいじん》たちが鳳吹《しょう》で悠《おおどか》な調べを奏ではじめた。そしてある貴族の舟が先頭に抜けだした頃だった。にわかに空に黒雲が湧いた。墨のような色の雲はすぐに淡くくすんだ春の空を覆い隠し、それから大河を傾けたような勢いで雨が降りだし、身体を藁のように吹きとばしそうな風が真横から吹きつけた。波は信じられないほどの高みに到り、浜にいた者たちは慌てふためいて汀《みぎわ》から退いた。結局、時ならぬ嵐は半刻ばかりつづいた。そしてはじまった時と同様に不意に熄《や》み、頭上には霞を棚引かせた春の空がふたたび戻ってきた。

けれども、舟の数は酷《ひど》く少なくなっていた。舟合わせがはじまった時に浮かんでいた数の四分の一にも満たないくらいだった。そしてその大半は竜骨を上に向けていた。華やかに飾りたてた舟がそのような有り様になっているのは無惨なことだった。残りの舟は海の底に消えたか、あるいは外海に流れ去ったらしかった。浜には当惑の声と嘆きの声が満ち溢れていた。生き残りの者を救おうと新たな舟が出された。いずれにせよ、何とも予想外の、何とも惨憺《さんたん》たる結末であった。

結局、その年の舟合わせに加わった者のうちの半数は命を落とした。祟《たた》りのためにそうなったのだということになって、数日経ってから怨霊を鎮める会が盛大に催されることとなった。

さて、ちょうど浜で救いの舟が大急ぎで用意されていた頃である。一艘の小さな舟が、入江から外海に流されようとしていた。そのあたりは潮の流れの速い水域だった。

舟は嵐にも何とか耐え、転覆もどうやら免れたらしかった。そしてそのなかにひとりの男が俯せに倒れていた。藍色の袷衣《あわせ》を着ていて、その粗末な衣からは水が滴っていた。手の先がぴくりと動き、男は目を開けた。それから、上体を起こし、首を振り、片手で額のあたりを抑えながら、周囲を見まわした。転覆した舟や、舟合わせの際にみなが好んで舳先《へさき》に立てる幟《のぼり》が波間の遠近《おちこち》に見えた。しばらく眼に映るものの意味が呑みこめないといった顔で、男は呆然《ぼんやり》とその光景を見ていた。背は高くもなく低くもなく、色が黒く、頬がこけ、目は薄く切れあがっていた。平民であることは間違いないようだったが、何の仕事をしているのか、見当もつかなかった。物売りであろうと云われればそうも見えたし、大工と云われればなるほどと頷かれるような、ごく曖昧な風体であった。

男がそうやってあたりを茫《ぼう》と眺めていると背後から水の音が聞こえ、振り返ると舟端にかかる手が見えた。舟が傾いだ。やがて水から這いあがってきたのは、貴族の男だった。貴族は力を振り絞って舟端を乗りこえて、舟の内に身を捻じこんだ。そして反対側にも水音があり、手が現れ、舟は今度は反対側に傾いだ。貴族につづいて濡れそぼった体で舟に乗りこんできたのは、大柄な男で、身拵《みごしら》えを見ると商人《あきびと》らしかった。商人といっても、負販《ふはん》の者などではなく、都の大路に店を構える豪商であるように思われた。商人は仰向けになってしばらく咳きこんでいた。貴族のほうもまだ喘《あえ》いでいた。

少し前までひとりしかいなかった舟はいま三人の客を乗せていた。

「助かった。これはそちの舟かの」ややあって貴族が云った。平民の男は頭《かぶり》を横に振って、自分も同じように波間を漂っていて、この舟を見つけたのだと云った。貴族は男の名前を訊き、それからまだ咳が止まらぬようすの商人にも声を掛けた。

四人目の客となったのは女だった。身分の違う三人が舟底の板を外してそれを櫂《かい》代わりにして陸のほうに舟を進めていると、破船の残骸らしい板切れに獅嚙《しが》みついて海面に浮かんでいる若い女の姿が目に入った。貴族はその娘に目をとめると、何やら呟いたようであった。

貴族は商人と平民に命じて舟を女のほうに向かわせた。そしてぐったりした女を舟に引きあげて、舟底に仰向けに横たえた。女の身を包んでいたのは薄い色衣《いろごろも》で、胸のあたりが呼吸に応じて高くなったり低くなったりした。美しい眉、美しい唇《くち》を持った娘で、碧《あお》く透き通った珠《たま》で長い髪を留めていた。

こうして舟の客は四人になった。そしてそれ以上は増えなかった。その後、やはり海を漂っている男をひとり見つけたが、舟を寄せて助けることはしなかった。これ以上、乗せる余地はない、人の重みで沈んでしまう、と貴族が云ったのである。「気にするでない。ずいぶんと体の大きな男ではないか。陸まで泳げばいいのじゃ」貴族はそう云った。

舟の四人については幾許《いくばく》かの言及があってしかるべきだろう。

まず貴族であるが、貴族は歳の頃は三十を出たばかりと見えた。この男は宮廷において五指に入る詩人であった。位は従五位《じゅごい》でさほど高くはなかったが、臨光帝《りんこうてい》の覚えはめでたく、先年、御言《みこと》の命で編纂された詩書の撰は実質的にこの男であった。小柄で肉《しし》が厚かったが、身の熟《こな》しは素早かった。詩を作る以外に達者なことはとりたててなかったが、舟遊びだけはべつで、毎年舟合わせには、八人仕立ての細長く速い舟を出して、いまだ一番乗りにはなれないものの、毎年さほど悪くない成績を収めていた。性格は少しばかり狷介《けんかい》なところが目立ち、付き合い方の難しい男というのが、大方の評価であった。

ただひとりの女は武家の娘であり、その存在は広く知られていた。少なくとも舟合わせに参加する者たちのあいだでは知らぬ者はなかった。勇武の聞こえも高い、水軍を統《す》べる武士である父に連れられ、娘が舟合わせに加わったのは九《ここのつ》の時だった。娘が望んだのか、父が望んだのか、それは定かではないが、十六人の漕《こ》ぎ手を擁する大きな舟の舳先《へさき》に、娘は父親と一緒にすわった。けざやかな色衣を着《き》た切り禿《かむろ》の美しい娘。見る者の眼にとまらぬはずはなかった。その父親は娘が十四の時に生霊《いきりょう》にとりつかれ、自刃して果てた。いかなる考えがあってか、大方の予想を裏切ってその後も娘は舟合わせで闘うことをつづけた。そして父親が亡くなってしばらくしてから、娘の名前を人の口の端に上《のぼ》させるきっかけになることがもうひとつ生じた。それは娘の淫蕩さだった。途方もない淫蕩さだった。噂は娘の屋敷から溢れだし、武士たちの境《さかい》から溢れだし、平民のなかの耳聡い者たちのところまで届いた。

商人《あきびと》は油の問屋を営んでいた。四角い顔の造作は太い眉、丸い目に、厚い唇《くち》というものだった。その顔をある人は実直と見たし、ある人は冷淡と見た。表情の底にあるものを読むのはなかなか難しい男で、そうした物腰が生まれつきのものなのか、それとも冷たい世の風によって育まれたものなのか、それはもちろん分からなかった。だが、都の油のほとんどがこの男の手を介していることは確かであったし、それで貯めこんだ財貨の量が莫大であることもまた確かだった。商人はそして有りあまる金銀に物を云わせて、さほど速くはないが、綺羅《きら》を尽くした舟を毎年出し、自ら漕ぎ手たちを鼓舞するために舳先にすわるのだった。

平民と思しい最後のひとりは特徴というものに欠ける男だった。あるいは特徴というものがないところが特徴であるとも云えた。あまり喋らず、喋る時は石や木が喋ったらこのような声かも知れないと思わせるような喋り方をした。

四人を乗せた舟は晩《おそ》い春の陽を受けて、波間を漂っていた。

陸はもう見えなかった。奮闘の甲斐なく速い潮に流されて沖に運ばれてしまったのである。底板で舟を操ろうというのはなかなか難儀な仕事であった。いつしか貴族も商人もその手を止めてしまった。あるいはふたりの心中にはこのあたりの水域は漁舟も商い船も通るし、御言《みこと》がおそらく助けの船を出してくれるはずだ、という考えがあったのかもしれない。いずれにせよ、もう誰も漕がなくなった。四人はそれぞれの身分と性格に応じた佇まいで事態の推移を待った。

貴族は舟の中程にすわり、ぼんやりと波間を眺めていた。何とも漠然とした心持ちであった。ほんの少し前には賑やかな舟合わせの場にいて、昂揚した気分にまかせて声を上げ、指示を出していた。つぎに海中に投げだされ、雨と風と高い波に翻弄された。そしていまは凪《な》いだ春の海を小さな舟に乗って漂っている。夢でも見ているような気がした。詩になりはしないかと思った。春の浜の軽い沙《すな》を蹴る颯々《さつさつ》とした音からはじめてはどうかと貴族は思った。

娘は舳先《へさき》にすわり、どこに忍ばせてあったのか、扇を取りだしてゆっくりと胸の前で動かし、玉肌《ぎょっき》を風に舐《な》めさせた。

商人《あきびと》はその隣にすわり、時折娘に話しかけた。油の商人はどうやら娘とは顔見知りであるようだった。

平民は艫《とも》に腰を下ろして黙ってみなを見つめていた。

四人を囲んでいたのは渺茫《びょうぼう》とした水の広がりだった。それは春の陽のなかで微睡《まどろ》んでいるように見えた。しかし、もちろん陸から看《なが》める時のように、それを愛でる気にはなれなかった。

さて、四人の人間がいれば、それぞれの得手不得手もさまざまなわけであるが、渇きというものが得意な者は生憎《あいにく》なことに誰もいなかった。渇きはみなはじめて経験するものだった。これまでとりたてて水というものに注意を払ったことはなかった。水とは井戸から汲むものだった。たとえ日照りがつづいても川に行けば幾らでも飲めるものだった。毎朝、頼みもせぬのに、草の上に露となって、眠い目を迎えるものだった。水がないという状態がいかなるものであるのか想像したことはなかった。いまは想像するまでもなく身をもって知ることができた。

渇きとは体と心のすべてを満たすものだった。渇きは人を欠如で満たした。皮膚は乾いた。手も足も胸も乾いた。喉の上と下の皮は張りつき、引きはがすための唾はどこからも湧いてこなかった。

渇きの度合いが増すにつれて、心の底にあるものがしだいに露わになりはじめた。春のさほど強からぬ日差しとはいえ、屋根のないところにいるのは苦痛だった。うとうとしては水の夢を見、目を覚ましては渇きに苦しんだ。貴族は耐えきれずに海の水を口に含んだ。咳が一頻りつづき、渇きがさらに増した。冷たい清流《せせらぎ》の幻がみなの心のなかに現れ、掌から珮《はい》を零《こぼ》すような水音が耳を満たした。

最初はどちらかと云えば多弁で、あまつさえ詩作を試みていた貴族も、しだいに口数が少なくなっていった。つぎの取引きで上がる利益のことを考えていた商人も口を閉ざした。仄暗い褥《しとね》での男たちとの媾合《まぐわい》のことを考えていた娘も話さなくなった。生きているという手応えを感じさせてくれる瞬間のことに思いを巡らしていた平民もそれまでと同じように沈黙をつづけた。

空が茜に染まりはじめた。女が立ちあがり、艫《とも》に行って、平民に場所を空けるように命じ、それから美しい衣の裾を紮《から》げ、海に向かって白く丸い尻を突きだした。銀色の尿《いばり》の弧が宙に描かれた。連珠のような尿の弧は音をたてて海面に吸いこまれていった。

「勿体《もったい》ないことをされましたな」女が舳先《へさき》に戻ろうとする時、平民が低い声で云った。「御自分で飲まれないなら、つぎはわたしに下さいませ」

夜が来た。それぞれが経験したなかで一番長い夜だった。暗くなったせいもあって、それまで自分の尿を飲むことに抵抗があったとしても、もうそんな気持ちは誰の心にも残っていなかった。衣を脱いで掌に被せて椀代わりにし、みなそこに自分の尿を溜め、飲み干した。それでひとまず渇きを遠ざけることができた。

つぎの日は暑かった。みな衣を頭から被り、陽を避けた。誰もほとんど口を利かなかった。時折、商人《あきびと》が娘に低い声で何か云うだけだった。娘も小声でそれに応えた。何度かそれが繰りかえされた。何度目かに貴族が立ちあがり、腰に佩《は》いた短い刀を抜いて商人の鼻先に突きつけた。もう、口を利くな、と小さな貴族は云った。大柄な商人は頷いた。女は笑った。女の笑いはしばらくつづき、ほかの者たちの苛立ちを倍加させた。

陽が高くなった。もう尿も出なくなった。果たしてどのくらい水を呑まずに生きていられるか、みな考えた。もう一日くらいは耐えられそうな気がしたが、それ以上はとうてい無理だと思った。渇きほど切迫はしていないが、飢えも身体のなかで動いていた。商人は魚を捕ろうと云ったが、どうしたらそんなことができるのかについては、何の考えも持っていなかった。貴族は考えた。どうしようもなくなったら、いっそ誰かをこの刀で突き殺し、その血を啜ればいい。しかし、ほかの三人の顔を見ると、みな同じことを考えているような気がして、一瞬、背筋がぞくりとした。だが刀を持っているのは自分だけだった。刀を奪われないようにせねばなるまい、とさらに考えた。

今度は女が海の水を手で掬《すく》って飲んで咳きこんだ。商人がその背中をさすった。

二度目の夜がきた。最初の夜、これが生きてきたなかで一番長い夜だと思ったが、それは間違いだと分かった。眼を覚ました時、雨が降っていたらどんなにいいだろうと思って、浅い眠りについた者がいた。しかし眼を覚ましてもそんなふうにはなっていなかった。

また暑くなりそうだった。救いの船が現れる徴候はなかった。気が狂いそうな気がした。すでに気が狂っているような気がした。女が笑いはじめた。商人《あきびと》が女の体に触りはじめた。貴族がふわふわとした、自分のものではないような膝に懸命に力を籠め、立ちあがり、刀を抜いた。まずこの男が相応であろうと貴族は鈍く考えた。貴族の頭のなかは水のことでいっぱいになっていた。この体のなかに水がある。舌を湿らすための。

　商人は貴族の抜いた刀から視線を外せぬまま、艫《とも》のほうに躄《いざ》るようにして逃げた。女は笑うのを止めた。平民は黙って見ていた。

　その時、笑い声が響いた。

「面白いか、面白いぞ」と声が云った。

舳《へ》先《さき》を見ると奇妙なものがすわっていた。

　それは小さな頭をした、子供のような、老人のようなもので、緑色の粗末な衣をつけていた。両の頰に大きな赤い痣《あざ》が見えたが、それはよく見ると穴であって、そこから口の内側が見えているのだった。穴のなかで時折赤い舌が閃《ひらめ》いた。

「何だ、お前は」貴族が尋ねた。

「何でもないか、何でもない」とそれは答え、けらけらと笑った、そして重ねて云った。

「面白い話があるか、面白い話があるぞ」

「なんじゃ面白い話とは」

「助けてやろうか、助けてやるぞ。大事なものをくれるか、大事なものをくれ」

その言葉を聞いて、一同は耳を澄ました。

「お前、詩をくれるか、お前、詩をくれたら助けてやるぞ」と海から現れたものは貴族に向かって云った。それから女に向かって云った。

「お前、媾合《まぐわい》をくれるか、お前、媾合をくれたら助けてやるぞ」

それはどうやら取引きを求めているらしかった。今度は商人に向かって云った。

「金《きん》をくれるか、金をくれたら助けてやるぞ」

それから今度は平民のほうを向いた。しかし、今度はすぐには言葉を発しなかった。しばらくじっと平民の顔を覗きこむようにしてから、ようやく口を開いた。

「お前、何も持たないことをくれるか、お前、何も持たないことをくれたら助けてやるぞ」

一同の心のなかでさまざまな考えが、あるいは似ていないでもない考えが動いた。詩をくれるかと云われた貴族は、海から現れたものがひとつの詩のことを云っているわけではなく、自分の詩才のすべてをくれと云っていることを悟った。淫奔な娘も同様に思った。いま、それの言葉に頷けば、これからの人生で男とも女とも媾合《まぐわ》うことはできないのだと悟った。商人《あきびと》は考えていた。そして、いま助けて貰ったなら、その後は一生貧しく暮らすことになるだろう、とこれも悟った。平民も考えた。自分は果たして何も持たないことを生涯棄てられるか、と。

そして、それぞれの心を単純明快な事実が掠めた。それはそもそもいま生き延びなければ、これからの人生などないということだった。雨は降りそうになかった。食べ物を手に入れることはできそうになかった。救いの船が来そうな気配はなかった。

まず商人が助けてくれと云った。つぎに女が云う通りにすると云った。そして、貴族が欲しければ詩をやると云った。それからみんな平民の言葉を待った。しかし、平民は何も云わなかった。

三人の手にいつのまにか、銀の器が現れ、そこにはなみなみと水が湛えられていて、縁から溢《こぼ》れていた。震える手で器を口まで運び、貪るように呑みほすと、あまりの美味さに気が遠くなるかと思った。

「美味いか。美味かろう」と、海から現れたものは云った。そして立ちあがり、一歩前に進みでた。不意に体が大きくなったように見えた。

「潮の流れが変わるか、潮の流れを変えてやる」舟の向きがゆっくりと変わりはじめた。

「これでいいか、これでいい。じゃあ、貰うか、貰うぞ」

海から現れたものは娘の黒く長い髪の上に褐色の手を翳《かざ》した。

と、その時だった。沖に白いものが見えた。

「やあ、いやなものがきた、いやなものがくる」

慌てたようにそれは海に飛びこんだ。

波を蹴立てて巨大な影が波の上を滑ってこちらに近づいてきていた。白く巨大な影だった。

それは骨の魚だった。白い骨でできた魚だった。それが水の上を滑ってやってくるのだった。白い頭蓋《とうがい》、白い肋骨、白い胸鰭《むなびれ》、白い背鰭。白く巨大な眼窩《がんか》には白く虚ろな目玉が嵌《は》まり、それはぎょろりと動いて舟を見おろした。そして舟にぶつかるかと四人が思った瞬間、骨の魚はわずかに方向を転じた。

大波が舟を空に向かって突きあげた。投げだされないようにみな必死で舟端に獅《し》噛《が》みついた。舟は恐ろしい高みまで上昇したかと思うと、急に下降し、そのあと衝撃が舟全体に走り、舟端を握った手が危うく外れそうになった。そして気がつくと舟は動いていた。それも非常な速さで動いていた。四人の乗った舟は巨大な肋骨のあいだに挟まって、魚とともに海の上を疾走しているのだった。そしてその驚きも薄れぬうちに陸の影が視野に入ってきた。陸はどんどん大きくなっていった。それを眼にした貴族は、肋骨のあいだから抜けだそうと残りの者に大声で云った。みなもその言葉に頷き、四人は二手に分かれ、手や肩を肋骨にあてがい、舟の底を必死に蹴った。嚙みあった箇所が少しずつ外れ、舟はやがて不意に肋骨の桎梏《しっこく》から解放された。解放された瞬間、舟はふたたび魚が作りだす大波に巻きこまれ、花片《かへん》のように翻弄された。しかし転覆することもなく、つぎの瞬間にはすでに舟は穏やかな波の上にいた。一同はしばらく白い骨の魚の後ろ姿を見送った。

「あれが海神というものであろうか」貴族がそう呟いた。

陸は思いのほか近かった。平民は舟底から外した板をふたたび手にして漕ぎはじめた。ほかの者もそれに倣った。残っていた力をすべて振り絞って四人は漕いだ。そしてその努力は実り、半刻ほどで浜に着くことができた。舟の底が砂に触れるとみな我先に舟から飛び降り、飛沫《しぶき》を上げながら、浜に向かって走った。わけの分からぬことを叫びながら浜を走り、抱きあって砂の上に倒れこんだ。みな砂の上に仰向けに寝転がった。

陸にいることはそれのみで歓びだった。足下が揺れないことが嬉しかった。しばらくそのまま砂の上に横になっていた。そして、海から現れたものに何も取られなかったことを喜び、さて、それぞれの家に戻ろうと貴族が云いだした時、三人は平民の姿がないことに気づいた。

四囲《あたり》を見廻すと向こうに川があり、橋が掛かっていた。平民はいまその橋の中程を、ゆっくりと歩いているところだった。その姿を不思議なものでも見るような顔で追っていると平民は立ち止まった。そして三人に向かって一礼をした。手に何かを持っていた。刀であった。

貴族はそれを見て、あっと声を上げ、慌てて腰に手をやった。腰には何もなかった。驚きの表情で立ちあがった淫蕩な娘の長く美しい髪がばさりと解け、肩を、背中を覆った。髪を留めていた珠《たま》が失くなっていた。商人《あきびと》が急いで懐中に手をやると、金銀を入れていた錦の袋が見事に失せていた。

平民はすでに視界から消えていた。

その平民こそ霧という名で知られる盗賊であった。そしてもうひとりの名高い盗賊である煙についてはまたいつかべつの場所で語る時がくるであろう。

†

たとえば火葬の際に棺のなかに硬貨を入れるという習俗は、現在でも蕃東《ばんどん》の人々にとってお馴染みのものであるが、文献にはじめて現れるのは十四世紀（『風露閑談』）で、いまから六百年以上前のことになる。この習わしが今後どのくらいつづいていくか、六百年後も遺っているか、それについてはさすがにあまりに先のことなので何とも言えないが、少なくとも百年くらいは遺るのではないかと思っている。

筆者はこの習わしに格別興味を覚えるのだが、それはこの死と貨幣に関わる慣行がいかにも「民俗」的であって、蕃東の観念的な冥界から遠いせいである。

蕃東の冥界という観念にはいくつか型がある。それは地下であったり方角であったり海だったりするのだが、だいたいが何らかの信仰を元にして成立している。そして硬貨を棺のなかに入れる者の念頭にあるのは、そのような言わば公的な冥界ではない。そうした種類の冥界に行くために金を持たせてやる必要がどこにあるだろうか。棺に貨幣を入れる者の頭にあるのは、あくまで現世のつづき、貨幣が価値を持つ世界である。死後の世界に金が必要であるという考えは素朴であって、棺に金を入れるのはおそらく無意味な行為であろう。感傷的で世俗的な行いである。しかし、そこにこそ本質的なものがあるのではないだろうか。もっとも根本的な属性である死に際会した時にこそ、人間の本質が現れるという推測はそれほど無謀ではないだろう。

蕃東《ばんどん》における民俗学は決して大きな学問ではない。それは棺のなかになぜ硬貨が入れられるかといったことを考える学問である。しかしそれは人間の本質に関するものである。

『現代社会と民俗学』より抜粋。著者は蕃東の民俗学の礎を築いた東方久澄。同書は最晩年の著作。珊瑚社、一九六五年刊行。

3 海林にて

もう夏だな、と海林《かいりん》の都を明るく照らす空を見あげながら、藍佐《らんざ》は呟いた。

夏のはじめの濃くなりゆく青空の下で海林は朝の活気をひとまず手放し、つかのま懈怠《けたい》を愉しんでいるかのように見えた。

藍佐は海林の政所《まんどころ》での面倒な公務を終えたばかりである。政所から厄介になっている受領《ずりょう》の赤仁《あかひと》の屋敷へ戻った後、類縁の者を訪ねると断りを云って、外に出てきたところだった。海林に類縁の者などいなかったが、赤仁の屋敷にいるとどうも万事がことごとしく、一刻でも早く解放されたかったのである。

はて、これからどうするか。藍佐は思案した。務めも果たしたし、衣も軽いものに替えていた。陽気も申し分なかった。少なくとも夜までは何をしてもよかった。

景京《けいきょう》に戻るのは明日の朝で、軍船に乗って帰ることになっていた。

それにしても務めは何とも気が進まないものだった。十日ほど前に廻船の式目が改められ、同時に倭国《わこく》や唐から蕃東《ばんどん》に入ってくる香木や琥珀《こはく》や金細工銀細工への税が改められた。そのことで藍佐《らんざ》は海林《かいりん》に送られてきたのである。

税が改められたと云っても、じつは朝廷と結びつきの篤《あつ》い者たちはこれまでのまままで、対象になったのは新参の商人《あきびと》たちだけである。表向きの理由は抜け荷が多いため、奢侈《しゃし》の風潮を戒めるためとなっていたが、実際は古参の商人たちが自分たちの利益を守るために朝廷に働きかけて此度《こたび》の発令を呼びこんだのである。

気の毒だったのは布告前に月都《げっと》や倭国に仕入れに行った者たちである。その者らの船は海林の船着きで役人に検《あらた》められて、奢侈の品が積んであればすべていったん没収になった。なかでも倭国に行った者たちにとっては何ともやりきれない仕儀になった。倭国への旅は五隻のうち一隻は帰ってこないという苛酷なものであって、おそらく多くはない財産のなかから元手を捻りだし、しかも命がけで海を渡ったあげくに六割、品によっては八割召しあげでは泣くに泣けなかった。

今朝、藍佐は政所《まんどころ》に集まった商人たちの前で布告をあらためて読みあげた。そしてその後に商人たちから没収した品のうち、税として召しあげるものを読みあげた。最初は布告だけのはずだったが、後で召しあげの一覧を読むことも求められたのである。

藍佐は頼まれた時にはそれが何を意味するのか分からなかった。しかし読みあげている途中で、自分が憎まれ役にされたことに気がついた。赤仁《あかひと》としては海林の商人たちの反発の念を朝廷に向けさせたかったのだ。たしかに朝廷の遣いであることを示す朱鞘の小刀を差した自分に向けられた視線は穏やかなものではなかった。藍佐はただただ視線を書面に据え、早々に沙汰を切りあげたものである。

海から伸びた三本の大路のひとつを歩きながら、藍佐はぽっかりと空いた時間を何に使うかまだ思案していたが、やがて酒好きの友人に海林の酒を土産にすることを思いついた。

内海をはさんで景京と向かいあった海林は、商いと遊興の都である。しかし海林はまたいい酒を産みだすことでも知られていた。藍佐はそれほど酒好きというわけではなかったが、もちろん海林の酒は時折呑んでいたし、いくつかはうまいと思った。杜氏《とうじ》の名前などは憶えていなかったが、とりあえず海林で造られた酒であれば友人たちには云いわけが立つはずだった。

藍佐は酒屋を探して歩いた。しかしそのうちに折角だから杜氏から買えばいいではないかと考えを変えた。酒蔵のあるところは知らなかったが、酒屋か料理屋で尋ねれば容易に知れるだろうと思った。藍佐《らんざ》は腹が空いてもいたので、とりあえず料理屋に入ってみることにした。

海林《かいりん》で一番賑やかなところは一の筋と呼ばれる大路の、市に近いあたりで、そこにはさまざまな店が並んでいた。身につけるもの、衣や布などを売る店があるかと思えば、口に入れるもの、乾物や塩や味噌を売る店があり、草紙を売る店の隣には金物を売る店があった。いずれも目抜きに店を構えるだけあって、間口も広く、店先の拵《こしら》えも看板や暖簾《のれん》で、でなければ旗や提灯で、それぞれ工夫が凝らしてあった。

広い路を行く者たちもさまざまだった。公家がいて、武家がいて、僧がいれば商人《あきびと》がいた。猟師も職人も農民も通ったし、乞食《こつじき》も門付けも物売りも遊び女《め》も通った。見慣れない衣の倭人もいたし、唐人かと思われる者さえいた。牛車《ぎつしや》が通り、荷馬車が通り、荷車が通った。綺羅《きら》をまとった者もいれば、弊衣《へいい》の者もいた。荷車を牽く男たちは両肌《もろはだ》脱ぎになり、褐色の肌を日に曝《さら》していた。午《ひる》を過ぎたいま、あたりに漂っていたのは祭りと見紛う忙しさで、その活気は景京《けいきよう》の五色橋《ごしきばし》をも凌ぐかと思われた。はじめて海林を訪れた藍佐にはただただ新鮮で珍しかった。

もとよりあてがあるわけではなかったので、藍佐は最初に現れた料理屋に入った。外が明るかったせいで店のなかがずいぶん暗いように思ったが、やがてようすが見分けられるようになった。なかは小さな座敷に分けられていて、おのおのに客がいた。客の前には膳が見えた。卓があって床几《しょうぎ》にすわって飲食《おんじき》をする景京の料理屋とは少しようすが違っていた。奥から女が出てきた。女は銅五枚か銅十枚か、それとも銀一枚にするか藍佐に尋ねた。要領を得ぬまま藍佐は、では銀一枚を頼む、と答えた。三種の料理があるらしかった。女は手近の座敷の空いた一角を指して、そちらに、と云った。藍佐は沓《くつ》を脱ぎ、座敷に上がった。

刀を腰から外して脇に置き、周囲を見まわすと、客はぜんぶで五組ほどで、みなつれだってきていた。黒と朱の膳が見えた。

店のなかには低い話し声とさまざまな匂いがあった。藍佐はしばらく待った。そのあいだに客が二組帰り、新たに一組、商家の刀自《とじ》と小女らしき者が入ってきた。景京では料理屋にはそういう客がくることはなかった。海林は万事において景京よりも気風が開けているようだった。

銀一枚の料理の味は悪いものではなかった。主になっていたのは魚で、牛尾魚《こち》や竹麦魚《ほうぼう》の焼き物があり、名前の分からない川魚の膾《なます》があった。珍しいものもたくさんあり、海参《いりこ》を山椒の醤《ひしお》に漬《ひた》したものや、豆と魚を擂《す》って丸めたものを浮かべた汁も出た。

藍佐《らんざ》は竹の箸を使って、ひとつひとつをゆっくりと口に運び、その味わいに驚いた。そして海林《かいりん》の者たちは毎日このようなものを食べているのかと重ねて驚いた。食べおわり、膳を下げにきた女に杜氏《とうじ》のことを尋ねてみると、女は藍佐が酒を呑みたいと云っていると勘違いした。が、酒を造るところだとあらためて尋ねると、主人を呼んでくると云って奥に消えた。

主人というのは痩せた四十ほどの男で、無愛想ではあったが、それでも近い酒蔵を詳しく教えてくれた。主人は酒を呑まないらしかったが、そこの杜氏の造る酒はうまいということ、倭国《わこく》の商人《あきびと》も買いつけにくるということを教えてくれた。

料理屋を出た藍佐は主人の言葉通り、一の筋から横道を通って三の筋に入り、山手に向かって進んだ。川に突きあたったら左に折れ、それからしばらく行くと右手に酒蔵があるということだった。

早い夏の日差しに照らされて時折埃の舞い立つ道を、藍佐はのんびりと歩を進めた。目指す場所には半刻ばかりで着くということだった。

藍佐自身は酒を選んで呑むということはしなかった。それほど酒に執着はなく、酔えればそれでいいというほうだった。だが、もちろんうまければうまいに越したことはなかったし、海林から持って帰った酒を友人と呑むことを考えるのは愉しかった。

半刻ばかり歩いた頃、愛想のない主人の言葉通りにそれらしいところが見えてきた。

酒蔵は川沿いにあった。酒は水のよさで決まるということも聞いていたので、やはり水のそばが何かと都合がいいのだろうなと藍佐は思った。

酒蔵は想像していたよりだいぶ大きく、戸が開いていたので、藍佐はなかを覗きこんでみた。薄暗いなかに三人の男がいた。ひとりは年の寄った男で、ふたりは若かった。暗いなかに甘く澄んだ匂いが立ちこめていた。
二、三歩ほど近づいて、酒を買いたいのだがと伝えても、老人が何も云わなかったので、耳が遠いのかと思い、もう一度同じことを云った。
老人は分かっているというふうに皺ばんだ手を上げた。そして仕草でついてこいと云い、歩きはじめた。藍佐は跡を追った。

老人は酒蔵を出て隣の家の庭に入り、縁を指さして、すわれと云った。その声は枯れ枝が擦れる音に似ていた。

藍佐が云われた通りにすると老いた杜氏は姿を消した。酒を取りに行ったようだった。

しばらくしてから老人は竹筒をふたつ、杯をふたつ持って帰ってきた。そして竹筒のひとつを藍佐《らんざ》の前に置き、杯を差しだし、藍佐が手に取ると、もうひとつの竹筒から酒を注いだ。酒は水より澄んでいるように見えた。老人は自分の杯にも注いだ。

そうやって二杯ずつ呑んだ。

どこかで小さな鳥が啼《な》く声が聞こえた。最初は気がつかなかったが縁の奥に白い猫がいた。猫はぴくりとも動かずに寝ていた。鳥の声が収まると地にも天にも音が失くなった。あまりに静かで、雲があったら雲が動く音が聞こえそうな気がしたが、空に雲はなかった。代わりに老人が枯れたような声で話しはじめた。

老人はほんとうは話好きであるのかもしれなかった。秦《しん》の時代にいたという酒の嬢《むすめ》の話を教えてくれた。

その頃の酒は人が嚙んで醸《かも》したということだった。そしていい酒を造るために、小さいうちから娘にいい水を呑ませ、いい水で作った食べ物を与えたらしかった。それが酒の嬢で、酒の嬢は巫女《みこ》のように尊ばれたのだと杜氏は云った。鶏がどこかから現れ、地面のあちらこちらを突きはじめた。

藍佐は薄《うっす》らと酔って竹筒を腰にぶらさげ、また半刻かけて海林の目抜きに戻った。日はもうだいぶ傾いていた。空に赤みが差し、やがて暮れ七つの鐘が鳴った。これからどうしようかと藍佐は考えた。このまま赤仁《あかひと》の屋敷に帰るのはもったいないような気がした。

藍佐は伎女《おんな》を置いている店に入ろうと思ったが、何となく気が乗らず、心が決まらぬままぶらぶら歩いていると、七空楼《しちくうろう》という名前が、耳に飛びこんできた。擦れちがったふたりの男のどちらかが口にしたらしかった。

七空楼は景京《けいきょう》にもその名を知られた名所で、海林一の商人《あきびと》である沙屋《いさごや》が造った遊園だった。遊園には白砂が敷かれていて、そこに名の通り七つの高楼が立っていた。高楼はそれぞれが趣向を凝らした造りになっていて、芝居や歌舞音曲を見せる楼もあれば、湯屋をかねた宿になっている楼もあった。いずれも五つの屋《おく》を重ねた高さを誇っていた。飲み食いをさせるところもあるはずだった。藍佐は話の種にそこに寄ってから帰ることに決めた。

空はいままでは赤く染まり、店先の提灯にひとつまたひとつと火が入っていった。夕暮れのなかを藍佐は細い横道を二の筋に向かって歩いた。七空楼の場所は船で着いた時に遠目から見たので大体分かっていた。二の筋を船着きのほうに向かえば突きあたるはずだった。

二の筋の人通りも多く、行き交う人々の顔や姿は薄闇のなかでぼやけ、みな夢のなかの人のように思われた。

やがて行く手の暗い空に、七空楼《しちくうろう》の姿が浮かびあがった。どうやら道を行く人々のほとんどは七空楼に向かっているようだった。やがて眼の前に岩山が現れた。どこから運んできたのか大きな石を積みあげて仕立てあげた岩山は、俗間を抜けだして深山に踏みいる心持ちを味わわせようというつもりで造ったのかもしれなかった。藍佐《らんざ》はほかの人々とともに、岩のあいだの道を進んだ。やがて濠《ほり》にかかる大きな橋が見えてきた。橋の手摺りも擬宝珠《ぎぼうしゅ》も鮮やかな朱に塗られていた。そして橋を渡るとようやく七空楼と大書された門が現れた。何とも大掛かりなことだった。

門を抜けると下が白洲になり、白い砂はどこまでも広がっていた。七つの高楼が高くそびえていた。いつのまにか月が昇っていた。どの楼が料理屋になっているのだろうか、と藍佐は考えた。ほかの者はみな行く先が決まっているようで、藍佐を追いこしてどんどん先に進んでいた。

篝火と提灯であたりは明るかった。その光のなかを白い軽羅《けいら》をまとった女たちが過ぎていった。舞いの女たちなのかもしれなかった。

さらに進むと大きな立て札があって、そこに案内が書かれていた。七つの高楼は半円を描くように並び、二の楼、端から二つ目が、料理屋の楼だった。藍佐はそちらに足を向けた。道の両側には提灯が並んでいた。四の楼を過ぎ、三の楼を過ぎて、藍佐は提灯の光に照らされた道を進んだ。

開け放した戸口から二の楼に入ると、喧噪が耳に飛びこんできた。昼に食べた料理屋とは違って、座敷にはなっていなかった。景京の料理屋のように低い卓が並び、その周囲に床几《しょうぎ》が散らしてあった。

女が現れ、藍佐は云われるままに後をついていった。混んでいたせいか、そのまま三階につれていかれた。三階も席はだいぶ埋まっていたが、一階の半分ほどの広さであるせいか、それほど乱《ろう》がわしくはなかった。少し疲れていた藍佐はほっとした。

三階にいる女にまず酒を頼んだ。窓が開けっ放しになっていて、月が見えた。やがて女が陶の片口と杯を持ってきた。女は一緒に小さな木の匣《はこ》も持ってきて、酒を置いてからその匣の口に薄い木札を一枚入れた。どうやらそれで勘定をするようだった。

片口の酒が半分ほどになった頃、藍佐は女に嘗《な》め味噌を頼み、ついでに上の階がどうなっているか尋ねた。女は四階は何もなくて、五階が物見になっていると答えた。藍佐《らんざ》は上ってみたいとも思ったが、もう酔いがまわっていた。それに窓からい月が見えていて、それでもう十分のような気もした。

酒の味は冴えていた。昼に老人から注いでもらった酒のほうがうまく感じたが、もとより酒の上下に執するほうではなかった。月を見ていると詩趣のようなものが胸底でざわざわと騒いだが、詩を賦するのは得意ではなかったので見て見ぬふりをした。

しばらく酒を呑み、魚を漬けこんだ味噌を嘗《な》めていると、隣の卓の老人が自分のほうを見ていることに気がついた。黒緑の衣に身を包んだその老人はやはりひとりで呑んでいて、しばらくすると話しかけてきた。

ふたりは海林《かいりん》の昔の話などをした。老人はなかなか話がうまかった。どのような身分の者なのかよく分からなかった。身なりは粗末なものではなかったが、公家が下々のあいだに遊びに出たというふうでもなく、かといって商人《あきびと》とも見えなかった。強いて云えば還俗《げんぞく》した僧でもあろうかと思われた。

そのうち、もうひとりがそれに加わった。柿渋の衣を着た商人と思われる人体《にんてい》の若い男だった。その男はいつのまにかふたりの卓の近くにすわっていて、老人が一緒に呑まないかと話しかけると、驚いた顔になったが、少し考えてからふたりの卓に移ってきた。若い商人は話しだすと穏和で人当たりがよかった。

藍佐は杜氏《とうじ》から聞いたばかりの酒の嬢《むすめ》の話を披露した。

「酒の嬢の話はわたしも聞いたことがあります。海林や景京《けいきょう》ではそういうふうに噛んで酒を醸すことはしなくなったが、いまでも鄙《ひな》のほうではそうしているとも聞きます」老人が云った。

「わたしははじめて聞きました。いい酒を造るために育てられた娘というのは面白い。一目でいいから見てみたかった」若い商人はそう云った。

話がつかのま途切れ、それから老人が云った。

「じつに楽しい宵ですな。わたしはいい酒の相手が見つかって喜ばしい気持ちです。で、こういう趣向はいかがですかな。いま、この方から面白い話を聞いたばかりだが、面白い話というのは誰でもひとつは憶えているもので、これからひとりずつってておきの話を披露するというのはどうでしょう。自分の身に起こったことでもいいし、人から聞いた話でも構いません。これはと思う話をしてみませんか」

「なるほど、それは面白そうだ」商人が応じた。

藍佐には生来、奇を好むところがあったので、むろんその申し出に異存はなかった。しかし自分が話すとなるとそれはそれで難しいところもあった。このふたりが面白がるような話が何かあるだろうかと藍佐《らんざ》は思案した。

「ではあなたから話してもらっていいでしょうか」老人が藍佐に向かって云った。

その言葉に頷きながらも藍佐は内心でまだ迷っていたのだが、妙なことに口を開いた時には何を話すか決まっていた。

「うまく話せるかどうか分かりませんが、まあおふたりの話の誘い水というほどの気持ちで聞いてください」

藍佐はそう云って杯を傾け、喉を湿らせてから話しはじめた。

「わたしは不思議な話や珍しい話は好きなのですが、自分ではあまりそういったものに出会ったことがありません。けれどもなぜか心に残った出来事というのはいくつかあって、そのうちのふたつをいまから話そうと思います。どちらも舟が関係する話です。

おふたりは景京《けいきょう》に行ったことがありますか。景京の花遊びというのはなかなか賑やかなものです。わたし自身はそれほど花遊びに熱心にでかけるほうではないのですが、その頃になるとたまに思いだすことがあります。

まだ子供の頃でした。わたしは景京の人々が集まる水宮《すいぐう》の池のほとりで花を見ていました。母君や女房たちと花遊びに出ていたのです。

池には舟がたくさん浮かんでいました。そういえばわたしはまだ水の上から花を見たことがありません。さぞかし綺麗に見えるだろうと思うのですが。

わたしが岸に立って花や人を見ていると、一艘の舟が前を過ぎていきました。

その舟には老爺《ろうや》と娘が乗っていました。

舟に乗っていたのはふたりだけで、老爺が櫂《かい》を操っていました。ふたりとも賤しからぬ出で立ちでした。

なぜその舟のことが心に残ったかはよく分かりません。水の上にはほかにもたくさん舟が浮かんでいました。もしかしたらふたりの顔立ちや表情や佇まいに興味を惹かれたのかもしれません。子供心にもふたりはほかの者とは違うような気がしました。けれど何が違うのかは分かりませんでした。

しかしわたしはその舟のことをずっと忘れていました。

そしてそれを思いだしたのは、三年ほど前に同じ水宮の池に行った時です。

子供の頃と同じようにわたしがぼうっと水の上や向こう岸を眺めていると、右手のほうから静かに舟がやってきました。

そしてそこには老爺と娘が乗っていました。そのふたりは子供の頃見たふたりにとてもよく似ているようでした。

　同じふたりであるはずはないと思いながら見ていたのですが、どうも顔も衣も姿勢も櫂《かい》を操る手つきも、前に見たものとあまりにもよく似ています。

　もしかしたら同じふたりなのだろうかと、思いました。

　けれど、それほど珍しい偶然というものが果たしてあるものか、それに最初に見たのはもう二十年以上前ですから、ふたりは年をとっているはずです。しかしどう見ても以前見た時とまったく同じ年恰好でした。

　舟はやがて通りすぎ、わたしは咄嗟《とっさ》に跡を追いかけようとしましたが、思いとどまりました。わたしはその時ひとりではなかったのです。

　たぶんわたしの勘違いなのでしょう。二十年前の舟と三年前の舟はべつのもので、あれはべつの老爺《ろうや》と娘だったのでしょう。

　しかしどうも気になるのです。理由などないのですが、あれは同じふたりで、しかも二十年くらい経った時、わたしはまたあの舟を見るような気がするのです。けれど、もちろんそんなことにはならないでしょう。あれはたまたま似た者が舟で花を見に出ただけで、たぶんそれだけなのでしょう。この話をしたのはいまがはじめてです。人に話すと笑われるような話ですから」

藍佐《らんざ》はそこでいったん言葉を切った。老人と商人《あきびと》は何も云わなかった。藍佐はふたたび口を開いた。

「もうひとつの舟の話も子供の頃のことです。水宮《すいぐう》の舟から二、三年ほど後でしたか。明遠帝《みょうおんてい》が即位された頃のことだと思います。

こちらはさらに話になっていないかもしれません。

その頃わたしは景京《けいきょう》ではなく鄙《ひな》にいました。父君や母君のことで色々あって、類縁の屋敷に預けられていたのです。

わたしは橋から川を見ていました。

すると、上流から一艘の小舟が川を下ってきました。人は乗っていません。ゆっくりと舟は橋に近づいてきました。

四、五間まで近づいた時、わたしは舟がまったくの空ではないことに気がつきました。

舟のなかには抜き身の刀が見えました。舳先《へさき》に近いあたりに斜めに転がっていました。黒い柄《つか》の刀です。

舟が橋の下を通りすぎた時、わたしは走って土手に回り、しばらく舟を追いかけました。

子供ながらもなぜ人が乗っていないのか、なぜ抜き身の刀だけが乗っているのか、不思議に思ったのです。やがて舟は下流に見えなくなりました。

これはほんとうにただそれだけの話です。しかしずっと心に残っています。なぜ鞘のない刀だけがそういうふうに流されてきたか、その理由をわたしが知ることはないでしょう。けれどわたしは一生不思議に思いつづけるのではないかと思います」

藍佐《らんざ》は話しおえて、杯を口に運んだ。

ほかのふたりはしばらく黙っていた。やがて商人《あきびと》が口を開いた。

「なかなか面白いお話です。とくに舟のなかの刀はどうにも気になる。なぜそういうふうなことになったのか、色々思いを巡らすことはできますが、何があったのかがはっきりすることはないのでしょうね」

老人のほうもうなずいた。

つぎに話をするのは自然に商人になった。

「これは伯父の話でわたしは聞いただけですが」と云って、商人は話を切りだした。

「伯父も商人で子供の頃海林《かいりん》の油問屋に奉公していました。その問屋はいまはもうありません。一時はずいぶん広く商売をしたということで、爛柯《らんか》や西都《さいと》の商人たちとも取り引きがあったそうです。

伯父が奉公して三年ほど経った頃でした。刀自《おくさま》に女の児《こ》が産まれました。女の児は元気に産まれたのですが、少し変わったところがありました。片手を、右手を妙に固く握りしめて産まれてきたのです。産婆は不思議に思って、その手を開いてみました。すると手から小さな石が転がり落ちました。

石は何ということのない、そのあたりに落ちているような白い石でした。産婆から受けとった主人が縁で日に透かしてみると、なかにうっすらと人の影のようなものが見えたそうです。

それからの数日、主人は石をどうしたものかと考えました。近所の物知りのところに行っても、石を握って生まれてきた赤子の話は聞いたことがないということで、汎社や寺に引き取ってもらうことも考えましたが、妙な顔をされることは分かりきっていたので、どうも気が進みません。かといって棄てることもやはりためらわれました。結局、刀自《とじ》と相談した主人は、とりあえず布にくるんで、長持ちのなかに蔵《しま》っておくことにしました。

娘は順調に育ちました。なかなかかわいらしい子供だったそうで、常の子供と変わるところはまったくなかったそうです。

そのうち、不幸なことがあって主人が死んでしまいました。船着きで荷揚げを監《み》ていて、死ななくてもいいようなことで死んでしまったのです。

そしてそれから三月《みつき》後のことです。乞食《こつじき》のような坊主が店の前に立ちました。刀自《とじ》が銅銭を一枚与えると、坊主は頭を下げ、それから、石が家にあるだろう、と不意に云いました。

刀自は驚きました。石と聞いて思い浮かべたのはむろん娘が産まれた時に握っていた石でした。

坊主は重ねて、人の影のある石だ、と云いました。そしてその石が家にあるとよくないことが起こる、自分がしかるべきやりかたで始末してやろうと云いました。

普段であれば、その言葉に耳を傾けなかったかもしれません。しかし、その時の刀自の頭には主人が不幸な死に方をしたことが浮かびました。ひょっとしたら、主人が死んだのは石のせいかもしれないと思いました。

半信半疑ながら刀自は石を渡してしまいます。

そしてその夜のことでした。

刀自は夜なかに眼を覚まします。店先のほうで何やら音がします。

刀自は寝所を出て店のほうに行きました。

暗いなかに一尺ばかりの背丈の金色の人形が列をなしていました。人形は踊りながら外へ出ていくところでした。

刀自は呆《ほう》っとそれを見ていました。自分は夢を見ているのだと思いました。そしてふらふらと寝所に戻りました。

朝になると娘の姿はありませんでした。家のなかを探して、それから近所を探して、さらに人を頼んで海林《かいりん》中を探しましたが、ついに探しだすことはできませんでした。そして半年後にその油問屋も潰れてしまいました」

若い商人《あきびと》は話を終えて、咳払いをひとつした。

しばし沈黙が流れた。商人はふたたび口を開いた。

「この話は何度か人に話しました。ほんとうにあったことなのかどうか、じつはわたしにもよく分かりません。伯父《おじ》は嘘をついたり、作り話をするような人ではありませんでしたが」

「伯父御殿《おじごどの》はいまは何をしているのですか」老人が尋ねた。

「亡くなりました。だからもうたしかめることはできません。ただ、伯父の話に出てきた油問屋はまちがいなく海林にあったようです」

「なるほど」老人は云った。

店のなかがずいぶん静かになっていて、客はほかに二組しかいなくなっていた。

酒が少なくなっていたので藍佐《らんざ》は女に酒を頼んだ。それから藍佐の眼も商人《あきびと》の眼も自然に老人の顔に向かった。それに応えるように老人が口を開いた。

「おふたりの話はどちらも面白いものです。どうも世には人の知ることのできないものがあるようだ。しかし、このお若いかたの伯父御殿《おじごどの》の話が嘘に聞こえるとしたら、わたしの話などはまるで神代の話のようなものでまったくお恥ずかしいかぎりです。ただ、もうよほど以前のことなので昔はこんなこともあったかもしれないと思って笑いながら聞いてください。何しろ魔王を呼びだそうとした男の話なのですから」

老人はそう前置きをして話しはじめた。

「わたしは西都《さいと》の生まれです。これは西都であったことで、なかに出てくる男はわたしの詩友でした。その男は家柄もよく頭もよく、容貌も好もしい男でした。子供の頃から誰もが羨むような男で、じっさいわたしも友人でありながら、時に妬ましい気持ちになるほどでした。

けれど運命とは恐ろしいものです。そのように恵まれていたからこそ、あの男は人生を謬《あやま》ったのかもしれません。そう考えるとわたしは友が哀れでなりません。あの男は考えようによっては罠に掛かったようなものですから。

名前がないのも話しにくいので、仮に応虹《おうこう》としましょう。応虹というのは蕃東国《ばんどん》の最初の詩人が作った詩に出てくる言葉です。ほんとうの名前もそれに近いものです。

応虹がいまどうしているのか分かりません。いまもどこかで生きているのか、それとも死んでしまったか。これから話すことがあった後、応虹は西都から姿を消しました。そして姿を消す前にわたしにすべてを話しました。

応虹の家は西都の受領《ずりよう》をやっていたこともある家でした。そのまま西都にいて家を継げば応虹もいずれは受領になっていたかもしれません。しかし応虹は時の都で自分の才覚を思う存分に振るいたいと思っていました。それで朝廷の試験を受けることにしたのです。

唐の科挙のことはむろんご存じでしょうな。あれほどではないが、昔の蕃東の試験もそれによく似て厳しく難しいものでした。いまの試験がどうなっているかは分かりませんが、わたしが若かった頃には仙湖《せんこ》に落とした針を探すくらい難しいと云われていました。

応虹は朝廷に登用してもらうための試験を受けに都に上りました。そしてじつはわたしも一緒に行ったのです。こう見えてもわたしは以前は進士だったのです。

試験を受ける前にはわたしは落ちるだろうと思われていました。わたしもそう思っていました。応虹《おうこう》もわたしが落ちることを見越して都に上る前から慰めともつかぬようなことを云っていました。しかし結果は皮肉なことになりました。わたしが受かり、応虹が落ちたのです。そしてそれが応虹の人生を狂わせました。

何しろ応虹は挫折というものを知りませんでした。最初の挫折に、しかもあまりに大きなそれに耐えられなかったのです。

西都《さいと》に帰ってから応虹は屋敷に籠って外に出ないようになりました。自分が笑いものにされることに耐えられなかったのでしょう。たいていのものはむしろ同情していたのですが。

失意に沈んだ応虹は最初は自らの境遇を哀れみました。そしてその後は周囲を恨みました。親を恨み、友を恨み、世を恨みました。それは由《ゆえ》のない恨みでした。自分でも分かっていたかもしれません。それでも応虹は恨むことを止めることができませんでした。人というものは愚かなものです。自分の顔かたちは鏡を見れば知れますが、心を映す鏡というものは誰も持っていません。

毎日、家に引きこもって書を読み暮らしていた応虹は、ある時、鬼道に関する行《くだり》に眼を留めました。そして鬼道に死者や妖魅《ようみ》や魔物を呼びだす術《じゅつ》があることを知りました。またそうした禍々《まがまが》しい者の力を借りて、自分の望みを遂げることができることも知りました。

応虹はこれこそが自分の求めるものだと思いました。

まったく愚かとしか云いようのないことでした。

応虹はそれからさまざまな手を尽くして、鬼道に関する書を集めました。応虹が集めた書のなかには倭国《わこく》や隋や唐のものなどもあったようです」

老人はそこでいったん話を止め、これまでとは違う酒を頼んだ。酒がやってきて味をたしかめた老人は満足したらしかった。杯の酒を凝《じっ》と見ながら、老人はふたたび話をはじめた。

「応虹はついに魔物を、それも魔王と云える者を呼びだすすべを知りました。あなたがたは古《いにしえ》の文書がさまざまな不思議で満たされていることを知っておりますかな。わたしはああいう書物に書かれていることはだいたいほんとうだと思います。何しろいまとは時代が違いますから。それだけでなくわたしはそれより不思議なこと恐ろしいことがあって、そういうものは文書に記されなかったとさえ思っています。『蕃瑯旧事紀《ばんろうくじき》』には不思議なことがたくさん書かれていますが、ほんとうはあれの何倍も不思議なことがあったと思います。

応虹《おうこう》が呼びだそうとした魔王とはどういうものだったのか、何を指すのか誰を指すのか、しかとは分かりません。たぶん怨嗟の情を身裡《みぬち》に閉じこめて死ななければならなかったその昔の御言《かみこと》のうちの誰かでしょう。夭《わか》くして弑《しい》された飛応帝《ひおうてい》か、奸計にかかって死んだとされる安星帝《あんせいてい》か。応虹は名前を云いませんでした。

魔王を呼びだすにはところも刻限も従うべき決めごとがありました。決めごとに忠実に従って、応虹は月のないある夜、山中の岩間《いわあい》で魔方陣を描きました。そして呪《まじな》いの言葉を唱えました。

呪いの言葉を唱えてしばらくして、自分の言葉に遠くから何かが応えたような気がしました。ひじょうに遠いところで応えたような。

やがて魔方陣の線が、字が、揺れはじめました。

不意に轟《ごう》と風が魔方陣のなかから吹きあがり、同時に笑い声が上がりました。気がつくと魔方陣の中央に昔の武将がいました。

鎧を着こんでいます。

武将の首は馬の首でした。耐え難い臭《にお》いがして応虹は吐き気を覚えました。武将の姿は妙に捉えがたく、それは絶えず巨《おお》きくなったり小さくなったりしているからでした。

鎧の隙間から小さい馬の頭のようなものがたまに覗き、武将はそれを平べったい手で叩いて潰していました。それに体が痒いらしくあちらこちらを忙しなく掻いていました。

悪臭がさらに強くなり、地鳴りのような音がしました。魔方陣の全体から煙が上がっていました。

そして、低い地鳴りのような音を突いて、妙に甲高い声が響きました。

――わたしは魔王にお仕えする、魔王にわたしは――者だ、つかまつる魔王はいまつかまつる――地に地に――。

馬の頭がまた潰れて、首のあたりに穴が開き、そこから人の脚が現れました。白い脚で女の脚のようでした。女の脚はありもしない地面を探してばたばたと空を掻き、そのうちにもう一本増えて一対になりました。

そして地が裂けるような大音響とともに魔方陣の真ん中から巨きな手が現れて、武将の体をむずと摑みました。武将の体が虫のように握りつぶされました。手が迫りあがり、巨木のような腕が肘まで現れました。

応虹はそこで恐ろしくなりました。

魔王というものがとうてい自分の手に負えるものではないと悟ったのです。

応虹《おうこう》は、くるな、くるな、もうやめじゃ、と叫びました。

そして魔方陣の端を足で踏み消しました。

魔方陣の形が崩れたためか、魔王の腕は止まりました。体が地下に引き戻されているようでした。千頭の獅子の声をあわせたような声があたりを揺るがして、その音は風のように応虹の体を泳がせました。腕が沈んでいきました。しかしその時、指の一本が応虹のほうに伸びてきて、それで応虹は少し罰を受けました」

老人はそこで話を止めて、酒を口に含んだ。

「罰ですか、どんな罰を受けたのですか」若い商人《あきびと》が尋ねた。

「魔王の指の爪で少し体を損ないました」

老人の返事が妙に曖昧なものだったので、商人も藍佐《らんざ》も内心で首を傾げた。

老人はそれ以上何も云わなかった。

二組の客が勘定を払って帰っていった。

ふたりが何を云ったらいいか考えていると、老人が厠《かわや》に行くと云って席を立った。

老人はゆっくりと段《きだはし》を下っていった。

店の女もいつのまにかいなくなり、店のなかは藍佐と商人だけになった。

老人はなかなか帰ってこなかった。

「気がつきましたか。あの老人は足を引きずっていました。あの話はじつは自分のことなのではないでしょうか」藍佐が声を低くして商人に云った。

「あの男の云うことがほんとうかどうかは分かりませんが、あなたとわたしでここの勘定を払わなければならないのはたしかです。あの老人はたぶん帰ってこない」

「まさか。そんなことをするような人には見えない」驚いて藍佐は云った。

「いや、あれはたぶん自分の体に託《かこ》つけて作った話ではないかと思います。脚は元元ああだったか、それとも犬に嚙まれでもしたのでしょう。あなたは景京《けいきょう》の人だから知らないかもしれないが、海林にはああいう手合いが多いのです。しかし、あなたとわたしの話同様、あの男も答えのないことを残していきましたな」商人はそう云った。

老人はやはり帰ってこなかった。

店のなかはがらんとしていた。

藍佐は商人の顔にこれまでと違った表情があることに気づいた。

若い商人は奇妙な笑みを浮かべていた。何かに飢《かつ》えたような笑みだった。そして口を開こうとしていた。右手が懐に入っていた。

藍佐は立った。

「ここはわたしが払っておきます」

藍佐《らんざ》は女を呼んで勘定を済ませた。

すわったまま藍佐を見あげる商人《あきびと》の眼には狂おしい光があった。

「いや、今夜は面白い夜でした。面白い夜だったから、それはこのまま終わらせたいものだ。あなたは政所《まんどころ》にいた人ですね」

男が驚いた顔になった。藍佐は穏やかな声でつづけた。

「あなたは今日わたしがやったことでたぶん財のすべてを失った。それでわたしをその懐の匕首《あいくち》で刺そうと思った。わたしにもいくらか責があるのかもしれないが、止したほうがいい。わたしを殺してもあなたの伽羅《きゃら》は返ってこない」

衣から発するのか、体から発するのか、かすかに香木の匂いをまとった男は深く項垂《うなだ》れた。

卓のほうはもう振り返ることもせず、藍佐は料理屋を後にした。

†

蕃東《ばんどん》の音楽は多様性に満ちている。声明《しょうみょう》、神楽《かぐら》、汎楽《はぐら》などの宗教的な要素の濃い音楽があり、いっぽうに世俗の音楽――演劇の音楽、旅の楽士の音楽、祝祭の音楽などがある。それらはみんな固有の形式を持っていて、さらにそのなかで細分化される。多様性はどの国の音楽にも見られるが、蕃東の場合はそれが際だっていることは強調してしかるべきだろう。また東アジアのほかの国がモノフォニーを基本として和音を持たない一方、蕃東だけが単純なものとは言え、和音の観念を有することもまた特筆に値すると思われる。蕃東における和声は西洋音楽のような発展を見ることはなかったが、三度音程あるいは六度音程の和音を奏でる弦楽器の存在は、やはり東アジアのなかでは異色である。

しかし、地域を転ずると、アフリカ大陸においては部族毎に和声の形式が違ったりもするので、和声を有する有さないの差はじつは小さなものであるのかもしれない。それはきっかけがあったかどうかの問題なのだろうか。たとえばひとりの天才が蕃東の古代音楽史のどこかにいて、和声の発見を独力でなしとげたのだろうか。もちろんそれを突きとめることは難しいが、そうした想像を巡らすことは音楽というものの本質に触れるようで興味深い。あらためて考えてみれば、音楽はつねにそうした天才たちの出現によって、進歩あるいは多様化してきたのである。

ダイアン・レイノルズ著『東アジアの音楽』第二章「蕃東」より抜粋。
メネル・アンド・サンズ、二〇〇六年刊。

4 有明中将

正五位《しょうごい》有明中将《ありあけのちゅうじょう》ほど人に愛された者はいない。

有明中将は類い希な美しさを持ってこの世に生まれた。日輪の明るさを知らない者がいないように中将の美しさを知らない者はいなかった、冬の水の冷たさを厭《いと》わない者がいないようにその美しさに嘆息しない者はいなかった。そして天に愛された者を愛するのは自然なことだったので多くの者が中将を愛した。父も母も中将を愛した。上臈《じょうろう》も婢女《はしため》も有明中将を愛した。老いた者も若い者も愛した。辻で擦れちがう者は誰もが振りかえり、中将が笑みを浮かべれば誰もが覚えず微笑んだ。さながら中将自身が小さな日輪でもあるかのように。

中将を愛した者はたしかにひじょうな数に上った。そしてそのうちのふたりについてここで述べるのは由《ゆえ》のないことではない。おそらくそのふたりほど中将を深く愛した者はいないからである。自らを賭してまで愛した者は。

のちに志波《しば》と呼ばれる子供は、炭焼きの子として生まれた。志波が生まれた時、志波の家には父母とひとりの兄がいた。兄と志波のあいだにはほかに三人の子供がいた。しかしみな売られてしまった。炭焼きというものにほぼ例外がないように志波の家も貧しかったのである。志波の父は長兄に弟や妹の世話をさせ、ある程度大きくなると売った。それは賢いやりかただった。たくさんの子供を養う余裕はなかったし、売れば金が入ったからである。

志波も兄に育てられた。一家のなかで一番不幸だったのはその兄だったかもしれない。母親は一年ほど志波に乳をやった後、淋しいことばかりだった生を早々に終えてしまった。兄は志波の面倒を見ながら炭焼きの手伝いをしなければならなかった。父親はひじょうに大きな男だったし癇性《かんしょう》でもあった。一旦頭に血が昇るともう手がつけられなかった。志波の兄の体から殴られた痕が消える日はなかった。そして静かな夜だった。酒を呑んでいた父は何かが気に入らなかったらしく、いきなり兄を足蹴にし、殴りつけた。もちろんいくら粗暴であるとは云ってもそこには手加減というものがあった。その日もいつものように殴られておけば、それですんだだろう。しかしその夜の兄は何度目かに殴られようとした時、振りおろされた父親の拳を左の掌で受けとめた。そしてなぜか笑った。兄は笑ったのではなかったのかもしれないが、心のなかのことは問題ではなかったし、その顔は志波にも笑ったようにしか見えなかった。兄が笑ったことで父親は激昂し、今度は空いたほうの手で兄を横から撲《う》った。今度は毫《ごう》も手加減はなかった。兄の体は薙《な》ぎたおされ、そのまま動かなくなった。兄はいつまでも動かなかった。すっかり酔いがまわった父親は兄のほうには眼をやることもせずそのまま寝てしまった。

志波はそっと兄のもとに行き、ようすを窺ってみた。暗がりのなかで定かではなかったが、鼻から夥《おびただ》しく血がでているようだった。体を揺するとそれでも眼を開けた。兄は身を起こして頭を押さえ、首を横に振った。そして立ちあがった。志波の姿は眼に入っていないようだった。兄は寝ている父親のほうを見た。それからこんどはたしかに笑った。

兄は土間に下り、かまどの前に立った。そして何かを手に取って、戸を開け、外にでた。跡を追おうと思ったが、何だかこわくて志波はそのまま凝《じっ》としていた。やがて暗闇のなかにひとつの音とひとつの匂いが現れ、それが何なのか考えていると、視界にぽつんとひどく明るいものが点じた。

ひどく明るいもの、火は、すぐに戸を食い尽くした。暗闇のなかの炎は鮮やかだった。志波《しば》は父親を起こそうとした。しかし起きなかったので、意を決して炎をくぐって外にでた。髪がすこし燃えた。兄の姿を探したが、見つけることはできなかった。炎から眼をそらすと夜はどこまでも暗かった。背後で炎の勢いが増し、志波はただ熱と光と音が暗い夜をまさぐるのを見ていた。

つぎに憶えているのは芋畑だった。それは兄がいなくなった夜からどのくらい経った頃なのだろうか。それについてはまったく記憶がなかったが、志波は芋を盗みに入ったのだった。しかし疲れ果ててしまい、土の上に横たわり、銀沙《ぎんさ》のような星の群れを眺めながら、見つかって殺されるのを待っていた。けれどもそこでは殺されなかった。朝、志波を家につれかえった百姓は銅銭三枚で志波を旅の傀儡《くぐつ》に売った。

それから志波の身に起こったことをすべて記すことはできない。それはほかの語り手の役目である。簡単に述べると志波を買った傀儡は志波を都にほど近い浜の塩造りに売った。そして塩造りの仕事をやっている志波の体の大きさと大力を見て買い受けたのが角力《すもう》の勧進元だった。

十二になった志波の背はすでに大人のそれを優に越えていた。そして尋常ではない力を持っていた。志波の大力に関して伝わっている話は多い。大力を持った者の話には俄《にわか》には信じがたいものが多いが、志波の話も往々にしてその例に漏れない。応象寺《おうしょうじ》の鐘をひとりで持ちあげたという話もあれば、牛車《ぎっしゃ》を牽く牛が暴れて人が突かれた時、ひとりで取り押さえて縊《くび》り殺したという話もあった。さらに片方の車輪が欠けたその牛車を、ふたりの女房を乗せたまま屋敷まで運んだという者すらあった。それらすべてが真実であるということはないだろう。

その勧進元の下で志波は角力を学んだ。撲《う》って、蹴って、拉《ひし》ぐことについて手ほどきを受けた。しかしなにより志波が学んだのは、まず自分が敗れることがあるという事実だった。勧進元に買われていった夜、志波は老いた力士と戦わされた。自分より小さく年とった力士と向かいあった志波は哀れみすら感じながら一捻りで終わらせるために進みでた。手を伸ばすと、その手に相手の手が絡みつき、つぎの瞬間、体が宙を舞っていた。訳が分からぬうちに立ちあがると、相手の足の先が横から飛んできて、自分の顎を軽くかすめた。痛くも何ともないと思いながら、また踏みだそうとすると地面がぐにゃりと歪み、歩けなくなってそのまま頽《くずお》れた。腕を取られて、顔を地面に押しつけられ、自慢の大力で振りほどこうと思ったが、無理矢理振りほどこうとすると自分の腕が折れることが分かった。勧進元がそこまでだと云った。死ぬ気で戦えば勝てないことはないと志波は思ったが、それが負け惜しみであることも心の底では分かっていた。

老いた力士は志波《しば》にさまざまなことを教えた。志波はみるみるうちに強くなった。しかしその後志波はもう一度だけ負けている。それは最初に興行にでた時で、それまで志波は角力《すもう》の興行などは見たことがなかった。あれほど人が集まるものだとは思っていなかった。何とも気持ちが落ちつかないうちに、相手の蹴りをまともにこめかみに受けて、気を失ってしまったのである。しかしそれからは一度も負けなかった。志波は都で数知れず戦い、そのことごとくに勝利した。それからほかの国に行って戦い、やはりことごとくに勝利した。そして強すぎて相手がいなくなった。賭けにならなくなった。

しばらくふたりあるいは三人を相手に戦い、それから獣と戦い、それでも負けなかった。だから勧進元は志波を貴族に売った。買ったのは有明中将《ありあけのちゅうじょう》の父親だった。その頃は角力の好きな貴族のあいだで力士を抱えるのが習いになっていた。中将の父親も角力が好きだった。強い力士を手元に置きたかったのである。

志波の暮らしはそれから平穏なものになった。志波はそのことを喜んだ。そして有明中将のそばにいられることを喜んだ。はじめて見た時から中将の美しさに惹かれたのである。

志波が有明中将の屋敷にはじめて上がった朝は濃い霧がでていた。ひんやりとして肌に絡みつく空気のなか、勧進元に連れられ、屋敷の門をくぐり、志波は広い庭に通された。

まだ少年だった有明中将はほっそりとした体に木賊《とくさ》色の衣を着け、濡れた真砂《まさご》の上にうつむいて立っていた。その光景は絵のように見えた。志波自身は知らなかったが、誰かがはるか昔に志波の心に絵を描いた。その時志波が見たのはその絵だった。志波はその姿《かげ》が人ではなく、もっと優れたものであるように思った。

中将は志波を見て、その大きさに驚いた。それからおそるおそる志波の腕に触れ、ついで笑みを浮かべて、志波、志波というのか、と小声で云った。

志波は中将の面立《おもだ》ちの晴れやかさを愛した。体の嫋《たお》やかさを愛した。力のないことを愛した。

志波の奥底には力のない者に蹂躙《じゅうりん》されたいという願いがあった。志波は美しい中将に打擲《ちょうちゃく》されたいと、踏まれたいと心の奥で思った。自分の大きく無骨な体を美しい手で撫でられることを思い、自らを慰めた。そして志波は中将を愛したことによって死に際会することになった。

有明中将が御所に登るようになって間がない頃である。その場にいるのがたまたま同輩だけになったせいで思いがけなく話が弾み、そのうちに角力《すもう》の話になった。中将は志波《しば》が無双の力士だとみなに誇った。美しさというものは時として深い反発を呼び起こすものであり、その場にいた四位の冬白中将《とうはくのちゅうじょう》もあるいはそうした心の動きに突きうごかされたのか、では自分の家にいる力士と競わせようとすこし唐突に申しでた。中将は無邪気にその申し出を了承し、周囲の者も思いがけない成りゆきを喜んだ。そして話はそれぞれの家に伝えられ、しだいに大掛かりなものになっていった。

中将の父は自分が抱えた力士の強さを周囲に示すいい機会だと思った。中将は知らなかったが、父のほうは冬白の家にいる力士が火眺《かちょう》という名であることを知っていた。火眺もまた強すぎて相手がいなくなったことも聞いていた。中将の父は火眺が角力をとるところを一度見たことがあった。火眺の動きはあまりに速すぎて眼で追えなかった。しかし中将の父はそれでも志波の大力のほうが優ると思った。そして戦えばどちらかが死ぬかもしれないと思った。

志波と火眺は都の桃究院《とうきゅういん》という社《やしろ》の庭で正午から戦った。ともに上半身は裸で、火眺は黄赤《きあか》の、志波は青褐《あおかち》の指貫《さしぬき》を着けていた。ふたりの戦いは都中の噂になったので、見物人は多かった。ふたりが庭で睨みあった時、その場の空気はまるで触れられるような、撫でられるようなものに変わった。

火眺の蹴りは稲妻をしのぐ速さだったので、志波は防ぐことができなかった。志波は片目を失った。しかし志波の力は熊や虎をしのぐものだったので、火眺はそれを受け流すことができなかった。火眺はただ敗れたことを認めればよかった。しかし火眺は無言で戦いつづけた。隙があれば志波の残ったほうの眼も取ろうとした。だから命を失った。戦いは火眺の頭蓋《とうがい》が拉《ひし》がれる鈍い音で終わった。

その戦いで志波が思ったことは自分もいつか負ける日がくるのだろうかということだった。火眺は真の力士だった。最後まで恐れを面《おもて》にだすことはなかった。自分が負ける時、同じようにできるだろうかと、志波はすこし狭くなった景色を見ながら思った。冬白中将は顔を赤くして悔しがった。そして有明中将に向かって、志波がいくら強くとも比良坂《ひらさか》の化け物には敵わないだろうと云った。有明中将は志波はそのような化け物より強いと応じた。ではやってみろ、と冬白中将は答えた。

志波がふすまと戦うことになったのはそういう事情からだった。

志波は人や獣とは戦ったが、化怪《けかい》と戦ったことはなかった。搏《う》ったり、蹴ったり、組んだりといったことができるのだろうかと志波は考えた。雲や霞のようなものでなければ、戦えるかもしれないとも思った。

比良坂《ひらさか》というのは都の東にある守頭山《もりずやま》の中腹を通る長い坂である。そしてふすまと云うのは、昔からそこに現れるという妖物で、人を取って喰うという話だった。

ふすまがほんとうにいるかどうかは分からなかった。見たという者が何人かいることはいたが、それぞれが云うふすまの姿形は食い違っていた。

しかし誰もが比良坂を気味悪く思うのは、坂から見おろす斜面に咲く花々のなかに、時折牛や馬の死骸が見えることだった。なぜ牛や馬の骸《むくろ》がそんなところに転がっているのか説明できる者はいなかった。またそれらを連れていた者がどうなってしまったのか、説明できる者もいなかった。

比良坂の斜面に咲く花々はつねに美しく、風を受けて琴《きん》の音のように揺れた。ところどころに見える、大きな手が摘んで捻りでもしたかのように歪んだ木の枝先には、白く美しい大振りの花が付いたりもした。しかしそうした花や木に鳥が寄ることはなかった。坂はつねに静寂に包まれていた。比良坂を通る者はみな思わず足早になり、夜になってから通るのは比良坂のことを知らない者しかいなかった。比良坂は気味の悪い場所だった。

それから一箇月の後、満月の夜だった。

四つの鐘が鳴った時、志波《しば》は中将と小者《こもの》と一緒に屋敷をでた。坂の下で冬白 中《とうはくのちゅう》将と連れが待っていた。冬日中将としてはきっかけを作った手前、結果を見届けないわけにはいかなかった。しかしその場に顔をだしたものの、坂の上まで行くのは何としても避けたいようだった。それも無理はなかった。月の光に白く浮きあがって見える比良坂は遠目にも悽愴の気を湛えているように見えた。

志波は面倒を省くために独りで行くことを宣した。誰もが安心したような顔で頷いた。

眼は痛むか志波と有明中将《ありあけのちゅうじょう》が声をかけた。それから二の腕を叩いて頼むぞと云った。

志波はひとりで比良坂を登りはじめた。

月の光は水のない雨のように降りそそぎ、道を白く光らせた。月光に照らされた斜面の花々は妙にくっきりと見えた。虫も夜の鳥も啼《な》かず、聞こえるのは自分の草鞋《わらじ》が土を踏む音だけだった。花の甘い香りが濃密に漂っていた。

ほんとうにそういうものがいるのだろうか、と志波は考えた。いままで志波が出会った恐ろしいものは人間ばかりだった。

ゆっくり登って、ここが中程だろうかと見当をつけたところで、志波は道にすわった。あたりは静かだった。

有明中将《ありあけのちゅうじょう》のことを考えて、火眺《かちょう》のことを考えた。やがて考えることが何もなくなったので、月を見て、星を見た。夜目がだいぶ利くようになっていたので、木や草を見た。見尽くすと何もやることがなくなった。

もう今夜は現れないか、と思い、引きあげようとした時、何かが近づいてくるように思った。

空気がそれまでとは違っていた。何かで満たされていた。音でも色でも匂いでもないものに。しかしたしかに感じられるものに。

不意に暗くなった。月が翳《かげ》ったのだった。見あげると月を覆ったものは雲ではなく、半透明の紙縒《こより》のようなもので、それが何筋も音もなく空から降ってくるのだった。そして紙縒は地面に落ちた瞬間固いものになってそこに突き刺さり、たがいに絡まりあい、一本の柱に変じた。柱は高くそびえて志波《しば》を翳らせたが、やがて上方から崩れはじめ、かけらは道の上に降りそそいだ。道の上に落ちた柱のかけらは地面の上でしばらく燐光を放ち、それから消えた。柱がいつ根元まで崩れたか分からなかったが、気がつくとそこにふすまがいた。

ふすまは人の形をしていた。拍子抜けするほど人と似ていた。色が白く、ほっそりとしていて、顔には表情がなく、顔の色と同じ白さの衣を着けていた。体は志波より小さかった。

しかしその小ささに志波は騙されなかった。自分が笑っていることに志波は気づいた。

生まれてはじめて全力で挑む相手が現れたのだった。

志波はまず軽く蹴ってみた。蹴った足を下につけないうちに同じような蹴りが返ってきた。志波はそれを右の掌で受け流した。体の大きさから速いということは予想していた。しかし掌に感じた重さのほうは予想を超えていた。火眺の蹴りよりそれは速くそして数等重かった。

志波の体が震えた。自分は恐いのかと思った。はじめて感じる気持ちだった。それは不思議な感覚だった。自分は死ぬことが恐ろしいのか。しかし同時に思ったのは有明中将を喜ばせたいということだった。死ねば中将を護れなくなると考えるとひどく淋しい気持ちになった。自分は勝たねばならなかった。

志波とふすまは長いあいだ戦った。志波は自分の腕や脚にこれまでにないほどの力が宿っていることに気づいた。いまだったら竜や獅子を片手であしらえるような気がした。いやそれどころか地を削り山を崩せるような気さえした。

ふすまの表情は変わらなかったが、撲《う》つたびにふすまが苦痛を感じていることが分かった。

組み打ちをするために手を伸ばした時、ふすまには心はあるのだろうかと思った。霞や河の水に心はあるのだろうか。

ふすまは人ではないとたしかに志波《しば》は思った。しかし元々は人間だったか、それともいつか人間になるのかもしれないという、奇妙な感覚があった。

志波のほうも何度も撲《う》たれた。胸の骨が折れているような気がしたし、指の骨が砕けているような気もした。

しかしいま志波はふすまの首を胸に抱えるように締めあげていた。もうすこしでそれを折ることができそうだった。

ふすまがその姿のままだったら、あるいはそのまま首を折って、志波は勝っていたかもしれない。その夜の志波はそれほど強かった。

しかしふすまは人ではなかった。

河底でぶつかりあう小石が発するような音が聞こえた。とても遠くから、その澄んだ音は聞こえてきた。音はしだいに大きくなり、河底は地を覆いつくすほどの大河の底になり、小石の音は千億の小石がぶつかりあう音になった。

ふすまの体が崩れ、微細なかけらになった。そしてかけらのそれぞれが光の尾を引きながら志波の口や鼻や耳から体のうちに入りこんだ。

志波はその時、さまざまなものを見た。それはふすまがいままで見てきたものなのかもしれなかった。志波はふすまに心があるかどうかという疑問の答えを、その時手に入れたような気がした。

そして微細になったふすまは志波の体のなかでふたたびふすまとなった。腕が志波の腕と重なり、脚と重なり、顔と重なった。

ものとものは同じ時と同じ場所を共有できなかった。ふすまの体は志波の体をその場所から押しのけた。

志波の体は血と肉と骨の礫《つぶて》となり、四方に飛び散った。血は紅で、肉は蘇芳《すおう》で、骨は白だったが、それを見ていた者はいなかったので、そこに色はなかった。

志波はそのように敗れ、命を失った。その後、比良坂《ひらさか》にふすまが現れることはなかった。


女から生まれたのか、それとも火から生まれたのか霧から生まれたのか、それについては判然としなかった。

なぜならば娘が生まれた日のことを知っている者は誰もいなかったからである。

しかし冬の冷たさのなかで生まれたことだけはたしかだった。

都から西に五日ほど徒《かち》で進み、さらに二日ばかり北に上ったあたりに三珂山《みかやま》という険しい山を中心にした山並みがある。そこは深山幽谷を絵に描いたような場所であり、人の姿はもっぱら谷の底にへばりついた村や湯治場でしか見ることができなかった。ほかには猟人や炭焼きが時折草木に影を落とすばかりだった。

その山並みのなかの名前さえないような山に名前さえないような破れ寺があった。朽ちていまにも崩れおちそうな寺であったが、老いた和尚がいて、その世話をする老いた女がいて、檀家もわずかにあった。

ある年の、根雪になって五日目の冬の朝のことだった。老女は朝餉《あさげ》の支度をしようとして薪が足りないことに気づき、厨《くりや》の裏手の小屋まで取りにでた。

その日は一日雪になりそうで、灰色の空からは乾いた軽い雪が果てることなく落ちてきた。老女が薪を抱えて厨に戻ろうとすると、門のほうで何かが動いた。檀家の者でもやってきたかと視線をやると、茶色い色と緋《あか》い色が眼に入った。茶色いものは大きな狼で、緋色《ひいろ》のほうはそれが咥《くわ》えているものだった。老いた女は驚き、厨のなかに駆けこもうと思ったが、体がすくんで動かなかった。狼がこれほど人の住みかに近づくのは考えられないことだった。

狼はゆっくりと近づいてきて、五間《ごけん》ばかり離れたところで止まった。そして老女を見ながら咥えていたものを雪の上に下ろし、それから身を翻《ひるがえ》し、去っていった。狼の姿が門から消えると老女は腕から薪をこぼし、背の骨を抜かれたように雪の上にすわりこんだ。

しばらく立ちあがれなかったが、やがて気持ちも落ちつき、いったい何を置いていったのだろうと思い、緋色のもののほうに近づいた。

緋い御包《おくる》みだった。そしてうちには産まれて数日ほどかと見える赤子がいた。

老女は驚いて赤子を抱きあげ、雪の上を小走りに和尚のもとに向かった。

どこかの家の子を狼が盗んだのか、それとも妖物《ようぶつ》に攫《さら》われた子を狼が拾って寺に届けたのか。檀家の者に頼んで近くの村などに訊いてもらったが、心当たりがあると名乗りでてきた者はいなかった。ともかく乳をやってもいいという女がいたので、和尚は金をだしてしばらくその女の家に預け、しかしずっとその家に置くわけにもいかなかったので、寺に引き取ることにした。名前はその時にやっとつけられた。東乃《とうの》という名がつけられた。

東乃は元気よく成長した。あまり世話を焼かせることもなく、寝て、這って、立って、歩き、喋るようになった。どちらかと云えば温柔《おとな》しい子のようだった。

しかし東乃《とうの》にはどことなく不思議なことがつきまとった。

まだふたつばかりの頃、干し魚を売りにきた行商の相手をしていた老女は、座敷で東乃が笑う声を聞いた。何かの夢でも見ているのかと思いながら座敷に戻ると、東乃はもう笑っていなかったが、上機嫌の顔でにこにこしていた。座敷のなかにはいままで誰かがいた気配があった。和尚は本堂のほうにいるはずだった。不思議に思っていると、縁側のほうで音がした。軽いものが動くような音がして、誰かが、何かが、そこから去った。

そうしたことは一度や二度ではなかった。老女は東乃が産まれてから何日かは狼の乳で育ったのだと思っていた。その狼が会いにきたのだろうかとも思ったが、それも夢のような話だと思った。

東乃は賢い子だった。和尚が教えたので東乃は読み書きができるようになった。また和尚が元は武家だったので寺には馬がいて、東乃は小さいうちに馬に乗れるようになっていた。気の荒い馬だったが東乃を乗せている時は温柔《おとな》しかった。

東乃について不思議に思ったのは老女ばかりではなかった。和尚は夜平《よへい》の刀のことをしばしば思いだした。

それは東乃が六つの時だった。朝から風が強く、杉の林は轟《ごう》と音をたてて揺れ、草の原は荒海のように波打った。和尚はその日不思議なことがあったのは、もしかしたら風が何かを運んできたせいなのかもしれないと、後になって考えたりした。

その日、和尚は東乃を連れて馬で村にでていた。檀家で経を読んだ後、べつの家で墨と紙を分けてもらった。東乃は和尚の用事が終わるまで外で待っていた。

外にでると数人の村人が騒いでいた。和尚の顔を見るとそのなかのひとりが、和尚さま、大変でございます、と云った。いったい何が起こったのかとその者の顔を見返していると、べつのひとりが、夜平さまがまた刀を持ちだして、と云った。夜平というのは総領の家の物狂いの若者だった。かつてはかわいらしく利発だった総領の息子はいつの頃からか、箍《たが》が外れたことを云ったり、したりするようになった。たいていは温柔しくしているのだが、子供の時分に剣術を習っていたせいか、どうかした弾みに納戸から古い刀を持ちだすことがあって、それはさすがにみな困った。以前取りあげようとした者が怪我をしたこともあった。

夜平は四つ辻の樫の木の下にいた。風が樫の葉叢《はむら》を躍らせ、夜平の着乱れた衣の裾をはためかせた。子供がひとりそのそばに倒れていた。生きているのか死んでいるのか分からなかった。子供の体に血は見えなかったが、夜平が握っている刀は血で汚れているようにも見えた。こうした状況であればたしかに村の者が騒ぐのも無理はなかった。

夜平《よへい》はしきりに何かを云っていた。自分だけにしか見えない何かに向かって言葉を発していた。

樫の葉叢《はむら》がまた騒いだ。物狂いの男は葉を見あげた。風に何か面白いことでも告げられたのか男が小さく笑った。

総領は今日は屋敷にいなかった。総領の家の下働きに向かって、みなが何とかしろと云った。金切り声を上げているのは子供の母親のようだった。

その時、どこから現れたのか、夜平の前に立った人影があって、見るとそれは東乃《との》だった。

和尚は腰が抜けるほど驚いた。そして連れもどそうと足を踏みだしかけた。

夜平が刀の切っ先を東乃に向かって突きつけた。

誰もが切られると思った。

東乃は一歩近づき、手をついと伸ばし、刀のなかほどを摑んだ。そして何か云った。

夜平の顔から表情が消えた。墨の痕が紙から消えるように表情が消えた。空白の顔になった。そして刀の柄《つか》から手を放した。刀が音を立てて地面に転がった。

何が起こったのか、誰にも分からなかった。東乃が何と云ったのか、誰の耳にも聞こえなかった。後で和尚が東乃に尋ねても要領を得ない返事が返ってきただけだった。

東乃の手は切れていた。しかし傷は浅く、痕は残らなかった。

ある時、和尚は夢を見た。その夢もまた不思議な夢だった。

和尚は夢のなかで道に迷っていた。ずっと歩いて疲れていた。

すると家があった。

和尚は家のなかに入った。大きな家で誰もいなかった。厨《くりや》に食べるものがあったので、和尚はそれを食べた。腹がくちくなって眠くなった。そのまま眠ってしまった。

起きると鳥になっていた。小さな鳥になっていた。

そして何もかも小さい国でほかの鳥たちと一緒に楽しく暮らした。

夢のようにみんなと楽しく暮らしていると、ある時大きな鳥たちがやってきた。

大きな鳥たちは仲間を襲い、みんな傷ついた。自分も翼に傷を負った。

そこに東乃がきて大きな鳥たちを追い払ってくれた。

小さな東乃《とうの》、それより小さな自分。

傷ついた自分や仲間を、東乃は自分の大きな館に連れていった。

そこには子供や大人がたくさんいて、みんな遠くからきているようだった。

薬湯の支度ができていた。

湯のなかに身を沈めると、湯桶のなかは広く、深かったので和尚は潜った。潜ると子供らがいた。いつのまにか自分も子供になっていた。

そのなかのひとりがこれから自分たちは産まれるのだと云った。

和尚は泳いで進み、暗いところを過ぎた。

温かい水から顔をだすと東乃の顔が見えた。

それは大人になってはいるがたしかに東乃で、和尚は東乃が自分を産んだことを知った。

そこで和尚は眼を覚ました。その夢を和尚はいつまでも忘れることがなかった。

東乃の血のなかに含まれていたのはいったい何だったのだろう。

東乃はどこかしら普通の子供とは違っていた。子供というものは、いや人というものはみなほかの誰かとは違っているもので、同じ者はいないと決まっているが、そういった意味あいでなくべつの意味で東乃はほかの子供と違っていた。

そして東乃には美しさに似たものと気高さに似たものがあった。

しかしそれは人が考える美しさというものからすこし外れていたし、人の考える気高さというものからも外れていた。では何の美しさで何の気高さだろうかと和尚はしばしば頭をひねった。

この世はすべて御仏の慈悲の下にあった。良いものも悪いものも、美しいものも醜いものも、浄《きよ》いものも穢《きたな》いものもみな御仏の慈悲の下にあった。和尚はそうしたことを疑っていなかった。疑っていなかったので和尚にとってこの世というものはある意味では単純なものだった。人やものの運命は単純ではなかったが、仕組みとしては簡単なものだと思っていた。しかし、東乃はその仕組みから外れるような気が何となくした。

たとえば東乃の気高さがどのような種類のものであるのか和尚には摑みかねた。それは仏の気高さでもなく殿上人《てんじょうびと》のそれでもなかった。強いて云えば東乃の気高さは獣の持つ気高さに似ていた。しかしそこまで考えて、そうは云っても獣は獣ではないか、とまた考え直したりもした。いくら考えてもよく分からなかった。

東乃は十五歳になった。

そして十五になった春、東乃《とうの》の前に見たことのないものが現れた。

東乃は山の中腹の、野を見おろす場所で山菜を摘んでいた。野には街道が一筋通じていた。春霞が野を覆っていて、暖かく気持ちのいい日だった。夢のように霞んだ街道をゆっくりとやってくる人々がいた。十人あまりの人形のような人々が、色とりどりの出で立ちで列をなして自分のほうに向かってきていた。音は東乃のもとには届かず、さながら動く絵だった。寺に戻り、和尚にそのことを話してからすこし経った頃、山門のあたりが騒がしくなり、当の一行が今度は人形の姿ではなく、人の姿で列を作り、境内を奥に進んできた。

それは政務でやってきた都の人々だった。都の人々は和尚の寺に宿を請うた。和尚は飲食《おんじき》の世話まではできないと前置きしてから了承した。

一行を率いていたのはふたりの貴族でそのひとりが有明《ありあけ》の中将《ちゆうじよう》だった。中将たちは御言《みこと》の命ではるばるこの地まで琥珀《こはく》を探しにきたのだった。ふたりの貴族と四人の武家、数人の下人、それに案内の炭焼きがひとりで、総勢十二人だった。

いかつい顔に武張《ぶば》った振るまいの武家たちと比べると中将の物腰はいかにも優雅だった。東乃は中将の面立《おもだ》ちの輝きに、挙措《きよそ》の美しさに息を呑んだ。中将たちはすでに琥珀をいくらか採ってきていた。中将は明るい笑みを浮かべて、それを東乃に見せた。

琥珀の美しさにはそれほど感心はしなかった。しかし中将の笑みの晴れやかさや言葉の美しい響きに東乃は深く心を動かされた。

一行はつぎの日を休息にあてた。午後、有明中将は縁で書を繙《ひもと》いていた。中将は東乃が字を読めることを知って、書を渡した。東乃はそれを読むことができたが、何を伝えているのか分からなかった。中将は笑いながらすこし声にだして読んだ。それは不思議な響きで寺の壁や梁や床や縁に染みいった。中将が読みあげたものはどこかしらいつも使っている言葉とは違っていた。同じ言葉であるのに。それは詩というものらしかった。

美しさについて東乃はいくらか知っていた。空や山や草木の美しさは知っていた。太陽や月や星の美しさを知っていた。しかし中将の美しさはそういうものとは違っていた。

東乃は死なないものの美しさはよく知っていた。けれども死ぬものの美しさは知らなかった。それは死なないものより美しく見えた。東乃が有明中将を愛した理由はつまりはそれだったのかもしれない。

一行はつぎの日から、昼は山中に入り、夜帰ってくるという日程を何日かつづけた。そして最後に三珂山《みかやま》に入ることにした。三珂山には信じられないくらい琥珀《こはく》がたくさんあるらしい、と武家のひとりが話していた。

しかし、中将たちは知らなかったが、三珂山には神がいた。それは和尚も老女も知っていたし、東乃《とうの》ですら知っていた。案内の炭焼きも知っているはずだった。和尚はあそこには山の神がいると中将たちに云った。しかし山の神がどういうものであるのか、和尚は一行にうまく伝えることができなかった。

中将らの一行は山に踏みいってまもなく、最初の警告を受けた。山全体の木がいっせいに枝を振るわせたのである。その意味を悟った案内の炭焼きの顔は蒼くなったが、何も云わなかった。みなは風のせいだと云った。

細い獣道を登っている時、一行は二番目の警告を受けた。

白い猪が一行の前に現れた。炭焼きが止める間もなく、それに向かって武家のひとりが矢を射かけた。矢は猪の手前で急に勢いを失って地面に突き刺さった。武家が二の矢に手をかけた時、白い猪はすでに姿を消していた。炭焼きが身を震わせながら引き返そうと云った。しかし中将たちは取りあわなかった。これが最後の務めだった。早々に終わらせれば明日は帰路につくことができた。旅には、不便には、もう倦《う》んでいた。それに山にいる神というものについてはみな何も知らなかった。

その恐ろしさについては。

その夜、一行は寺に帰ってこなかった。そしてつぎの日の夜も帰ってこなかった。

娘は和尚に探しに行くと云った。

和尚は気が進まないながらも東乃を送りだした。

東乃は奥の山に一度足を踏みいれたことがあった。琥珀のある場所こそ知らなかったが、炭焼きの話をすこし耳に挟んでいたので、一行がどこへ行ったのかだいたいの見当はついていた。

いったいどのくらいかかったのか、不穏さを湛えた山を歩いて、娘はようやく一行を探しあてた。

獣道に点々と人が倒れていた。傷はないようだったが、ほとんどの者は死んでいるようだった。娘の心は冷たくなった。

中将の姿があった。俯せに倒れていた。

娘はおそるおそる中将の体に手を掛け仰向きにさせ、生きているかたしかめた。ありがたいことにまだ息をしていた。しかし顔が雪のように白かった。額がひどく熱かった。

東乃は迷った。このまま何もしなければ死んでしまうことは確実だった。山の神は疫神《えきしん》のようにひとを衰弱させて殺した。中将を背負って寺に戻ることも考えたが、ほかにも生きている者がいるかもしれなかった。東乃《とうの》は寺に戻って和尚に相談することにした。中将の体をそっと寝かせると娘は立ちあがった。

東乃から話を聞いた和尚は老女を呼んだ。

老女は村はずれの年寄りの女が山の神の力を弱める薬を作っていることを東乃に話した。

東乃は馬をだし、村に向かった。馬を風のように飛ばし、村はずれの女の家の戸を叩いた。家にある薬を、丸薬を全部ださせ、金を置いて、礼の言葉もそこそこにふたたび馬に跳びのり、一散に奥の山を目指した。

登りが急になったあたりで、馬を下りて、手綱を木の枝に結わえつけ、そこから走った。

中将はまだ生きていた。微かに息をしていた。しかしもう余裕はあまりないようだった。

東乃は丸薬をだして中将の口に含ませようとした。けれども丸薬を飲みくださせることは難しそうだった。

東乃は谷川の水に溶かして飲ませることにした。

中将の腰帯に結わえつけてある皮の袋を外し、引っ繰りかえして中身を棄てた。金が草の上を転がっていった。

川は遠くなかった。東乃は急いで笹の生い茂る斜面を下りた。皮袋に冷たい水を汲んで丸薬をすべて溶かし、それを両手で運んだ。

童形《どうぎょう》の山の神は高い杉の枝の上でそのようすを眺めていた。両手で捧げ持つように皮の袋を運ぶ娘を見て、子供のような神は身を起こし、どこからともなく長く重い刀を取りだして娘に向かって投げた。

三羽の鶫《つぐみ》が現れて翼でそれをはたき落とそうとしたが果たせなかった。刀は手首を切った。手と袋は分かれて三つのものになり、地面に落ちて転がった。

近寄って皮袋をたしかめると、丸薬を溶かした水はまだ半分残っていた。水が汚れないように、袋を口でくわえて拾いあげて、また歩きだした。

山の神は小癪《こしゃく》なやつだとつぶやき、どこからともなく弓と矢を取りだした。そして弓に矢をつがえ、袋を狙ってきりきりと引き絞った。矢は過《あやま》たず袋を射抜いた。矢が通ったふたつの穴から水がこぼれた。

しかし水はまだすこし残っていた。東乃はそれ以上こぼれないように気をつけながら中将のもとに向かった。

東乃《とうの》は膝をついて唇のすきまから水を流しこんだ。そしてしばらく中将の顔を見守った。

顔に段々赤みが増してくるような気がした。東乃は笑みを浮かべ、膝をついたまま中将の顔を眺めた。

和尚が檀家の者とその場にたどりついたのはそれから一刻ほど経った頃だった。東乃は死んでいた。中将のほうは生きていて、和尚が体を揺さぶるとゆっくりと眼を開けた。

東乃の死を悼《いた》むものは和尚や老女ばかりではなかった。獣たちは長く悲しげな声を上げ、石は涙し、草は身をよじった。

正五位《しょうごい》有明中将《ありあけのちゅうじょう》ほど人に愛された者はいない。中将は美しいことをのぞけばごく普通の男だった。その後も時折愚かなことをし、そのことに気づくこともなく老いてそれから死んだ。

†

——プロデューサーとして今回の成功の原因は何だと考えていますか？

それはたぶん『西の南東の北』が少し先の時代を正確に描いているからだろう。今後はますます地球全体がひとつのコンピューターみたいになっていくはずだ。コンピューターはウェブという形態を得て巨大化して、いままさしくモビーディックのような神性を具え《そな》ることになった。誰もほんとうには気がついてはいないかもしれないが、われわれはいま巨大な一神教の時代に到達しているんだよ。

そして人間は今後ずっと巨大なものと向きあっていかなければならない。それは苛酷なことだし、もしかしたらあまり幸福なことではないかもしれない。巨大なものというのは非人間的なものだから。巨大なものと生きる時、われわれには助けが必要だ。われわれを助けるのは小さなものだよ。小さなものたちの助けが必要なんだ。きみはゲームをする時にまずアイテムを探すだろう。ちょうどそういうものだ。

けれど、この作品を単純に分析してもあまり意味はないだろう。アスターシャが巨大な姿を現した時に感じた畏怖《いふ》を正確に表す言葉を自分は持っていない。

――『西の南東の北』が「バンドニッシュ」と呼ばれることに関してはどう思いますか。

このところ蕃東人《ばんどん》の作り手が目立つからみんなそう言うんだろうが、そういう用語はつねに曖昧なものだ。バンドニッシュとオリエンタリズムの違いをきみは指摘できるかい。われわれにとってはそういう種類の語の使用は広告上の問題ということになる。ただ、蕃東人である希象《きしょう》がディレクションとシナリオを担当しているわけだから、蕃東的ミスティシズムもしくはミスティフィケイションを看てとることは可能なのかもしれない。たとえば虹のエピソードなんかは。

あれは古代の蕃東の故事から採られていることは知ってるだろう。ある時、小さな王女が病気になった。王女を溺愛する王は虹が見たいという王女の願いに応えて虹を作った。宮廷の庭に何百人かの侍女を集めて七つの組に分けて、虹の七色の薄い絹の衣を与え、白い砂の上で舞わせたんだ。動く虹、柔らかい虹というわけだ。このエピソードはほとんどそのまま使われているわけだから、もしかしたら蕃東的と言えるかもしれない。作品と違って、王の工夫の甲斐もなく、王女はその後、死んでしまうんだがね。

蕃東とフランスの共同製作映画『西の南東の北』のプロデューサー、アルベール・オーヴィニエへのインタビュー（英訳）より抜粋。

デジタルプレス「インターミディエイト」のサイトより。二〇一〇年。

5 気獣と宝玉

宇内《うない》がいま虚空に突きだした岩端《いわはな》にぶらさがって、風に吹かれる木の実のように揺れているのは、けっして自ら望んで受けいれたことではなかった。足の下には川が流れているが、それはあまりの遠さににじんでいたし、背中からはすぐに空がはじまっていた。そしてさきほどから岩肌をあちらこちらと探っている爪先は、まだへこみもでっぱりも探しだすことができないでいた。しかも、宇内は同時に岩に掛けた手を罔両《もうりょう》の牙から守るという面倒な仕事もこなさなければならなかった。だからむろん宇内には高莫《こうばく》のすべてを覆う白っぽい蒼穹や、山中にしては穏やかな風のことまで考える余裕はなかった。しかし自分がそういう羽目に陥った原因はすこし頭をかすめて、宇内はしばしのあいだそれを呪った。無茶を承知ではじめたことであったし、結局は望んではじめたことでもあったのだが。

すべては集流《たかる》の姫君からはじまった。

その頃、都には類いまれな美しさを謳《うた》われる姫君が三人いた。ひとりは従三位《じゅさんみ》神《かん》羽主計《ばかずえ》の三番目の姫、矢荻《やおぎ》であり、ふたり目は有名な俳優人虹亮《わざおぎびとこうりょう》の娘の瑞衣《みずぎぬ》だった。瑞衣は謡《うた》をよくすることでも知られていた。そして三人目、なかでももっとも美しいと噂されていたのが、正二位《しょうにい》監藤佐唯《かんどうすけただ》の娘である集流の姫君であった。

その年の都の花遊びは、陽気に恵まれ、まことに華やかなものであったが、都の西に位置する水宮《すいぐう》から菱見《ひしみ》の森にかけての花の名所の賑わいは、まさに空前絶後の感があった。それに輪をかけたのが、同日にその三人の姫が花遊びに出たことだった。そして後に草紙や人の噂などでもっとも評判が高かったのが集流の姫君だった。水宮の池に舟を出して花遊びを楽しむ集流の姫君を見た者はその姿の美しさに、顔《かんばせ》の輝きに、その可憐さに感嘆し、花のほうが恥じらうと云いあったものである。

集流の姫君は御年十四歳である。

その集流の姫君と宇内《うない》は屋敷が隣りあっているせいで、子供の頃からともに遊び、ともに蕃書や唐書や倭書を学び、書と歌を習い、宮廷に上がるようになったいまも顔をあわせればかならず言葉を交わす間柄であった。宇内は集流の姫君より、ふたつ上の十六歳である。

集流の姫君に仕える女房がやってきて、用事があるからこいという姫の言づてを伝えたのは、都の辻々に響く蟬の声が、やや勢いを失くした頃である。長く暑かった夏もそろそろ終わりに近づいていた。

玄関の式台を蹴って勝手知ったる監藤の屋敷に上がり、廊下で母君に会釈し、南の間に行くと、集流は練り菓子を匙ですくって口に運ぶ途中であった。

「よくそんなに口が開くな」

「おまえのつまらぬ悪口に負けないためには、口を動かして慣らしておかぬとな」

集流の姫君は温柔《おとな》しい娘ではなかったし、頭も悪くはなかった。宇内の軽口はいつものことだったので、集流はあっさりと受け流した。

「ほう、なかなか面白い草紙を買ったではないか」宇内は床に転がっていた草紙の表に眼を遣って云った。

「唐の『異神録』に美《び》客《かく》の鴻遊《こうゆう》が絵を付けたものだろう」

「知っておるのか」

「仕事だからな」

宇内の家はたしかに書物を読むのが仕事だった。

「何だ、何か用があるのだろう」草紙をぱらぱらめくってから、宇内《うない》は云った。

「そうなのだ。すこし困っている。じつは父上が婚礼を挙げろとうるさいのだ」

「婚礼か、もうそのような歳か。おまえも大人になったものだ」宇内はすこし感慨深げな口振りでそう云った。

「そうだ、知らなかったか。いつも顔を合わせているとそういうものかも知れぬが」集流《たかる》の姫君は練り菓子がまだ半分残っている青磁の皿を卓の上に置いた。

「だが、いやなのだ。婚礼というものがどういうものか、だいぶ前から聞かされているのだが、聞けば聞くほど面倒だ」

「先に延ばしたらいいだろう。二十を過ぎた姫はいくらもいるではないか」

「そう思うのだが父上が何ともうるさい」

「では好きな男と婚礼をあげればいいではないか。おまえは遊千《ゆうせん》さまとか定方《さだかた》さまの歌はゆかしい、ああいうお方と話すのはさぞかし面白かろうと云っていたではないか」

「それが、いざ婚礼をあげて、正室になることを考えると、そうしてもいいと思う者は誰もいないのだ。ほんとうに誰もかれもが面倒そうで」

集流はいかにもうんざりという顔で云った。

「そうか、そういうものか」

「それなのに、わたしを正室にという者があまりに多いため、父上はどうも十把一絡げにして申しいれを聞くことにしたようだ。父上はもう日を決めておるそうだが、一日で終わるかどうかという数らしい」

集流は溜め息をついた。「このままでは誰とも知れぬ者のところへ行かなければならぬかもしれぬ」

そこで集流の姫君は口調を変えて云った。

「しかし、ひとついいことを思いついた」

宇内はすこしいやな予感がした。集流の姫君はよくいいことを思いつく。集流が最近いいことを思いついたのはふた月前で、その時宇内は集流の屋敷の庭に植えるため、典手《てんしゅ》の沼まで科来草《からいそう》を採りに行かなければならなくなった。あの時は転んで泥だらけになってしまった。

「おまえがわたしを正室にするのじゃ」

また突飛なことを、と宇内は思った。

「何を云う。おれの身分だとこの歳で正室を迎えることはない。いやだ」

「歳は関係ない。おまえがわたしを正室にしてくれたらすべて丸く収まる。わたしは毎日気分よく過ごせるというものだ」

「いやだ。おまえはいままでおれにしたことを忘れたか。おまえのせいでおれは高《こう》堂《どう》とやりあうことになって怪我をしたし、おまえのわがままのせいで、由良浜《ゆらがはま》で溺れそうになった」

「礼を云うぞ、宇内《うない》、ずいぶん世話になった」

「礼はいらないし、婚儀もいやだ」

「世話のついでではないか」

「しかし、集流《たかる》よ、おまえはおれのことが好きなわけではあるまい。おれもおまえのことが好きというわけではない」

「おまえが好きなわけではないが、おまえがいてくれると何かと助かるのだ。おまえがわたしを助けてくれるように、わたしもおまえを助けてやろう。わたしがいれば楽だぞ」

「おれは助けはいらない」

「おまえの気持ちはおまえより知っている。それにおまえの家はこのままでは、御《み》言《こと》から疎まれてしまうぞ、心配だ」

うまいところをつくな、と宇内は内心思った。

宇内の父親はある時、些細なことで御言の不興を買ってしまった。もし宇内が監《かん》藤《どう》の家と縁戚になるとすれば、有力な監藤の家のことだから、御言の覚えもいまよりよくなるに違いなかった。しかしなぜそんなことまで集流が知っているのか、まったく油断のならないやつだと、宇内は思った。

だが、と宇内はさらに思った。集流のことを愛しいと思う気持ちはあまりなかったが、子供の頃から集流とは気兼ねなくつきあってきた。歌合わせの折などあまりに美しくなって驚いたりするものの、ふたりでいる時の言葉の端々から、大本のところはあまり変わっていないことは分かっていた。集流は決して付きあいにくい女ではない。むしろ男のようで話しやすかった。

結局、集流に押しきられる形になって、婚儀の申しいれをまとめて行うという日、宇内もほかの求婚者の列に混じって、集流を所望する旨を述べることになった。

「申しいれのことは父上に伝えておく。しかし失敗してはならんぞ。わたしは妙な男のところへ行くのはいやだからな」

集流の言葉はどこまでも気楽であった。

引き受けはしたものの宇内は集流の依頼が難しいものであることをよく知ってい

た。自分は正五位《しょうごい》である。身分が高いとは云えなかったし、監藤佐唯《かんどうすけただ》から見ると、自分の家と縁戚関係になって得なことは何もなかった。

それに佐唯は自分のことをあまりよく思っていないふしがあった。歳が違うから話が噛みあわなくても当然と云えば当然だったが、どうもそれ以上のものがあるような気がしてならなかった。考えれば考えるほど、集流《たかる》の希望を叶えることは難しそうだった。まずは厄介なことを頼まれたものだった。

帰って病で臥せっている父に集流との話を簡単に説明し、どう思うかと尋ねると、父親は最初は驚いたが、集流の姫君はいい娘だと云って喜んだ。けれども婚儀がまとまるかどうかということについては、宇内《うない》と同じ意見のようだった。父上ももしかしたら佐唯と反りがあわないのでは、ということが頭をかすめ、さすがに親子だなと思ったりもした。しかし、病気の父にしてみれば、息子が妻を迎えるというのは、嬉しいことなのかもしれないと漠然と思った。
二、三日して、佐唯から書状が届いた。書状は簡単なもので、ただ日時が記してあり、屋敷にきて、集流の姫君を望むことをあらためて述べてもらいたいということが書き添えられていた。
佐唯は常日頃から常道を外れたことを好むところがあった。その点では親子はじつによく似ていた。集流の姫君を娶《めと》りたいと望む者を一堂に会させるというのも、いかにも佐唯のやりそうなことではあった。そうやって未聞のことに執着するのは。集流の姫君を望む者は高位の者も多いわけであるのだから、一方ではそれは礼を失したやりかたではあったのだが。

しかし、佐唯の真意が奈辺にあるのかはどうもよく分からなかった。

新しい縁戚を作るというのは家にとっては大事なことであったし、佐唯は権勢に執する人間のように見えた。だから有力な求婚者の気分を損ねるようなこのやりかたは、すこし首を傾げさせるところがあった。集流の姫君が評判になり、それで少少舞いあがってしまったのだろうか。それともほんとうに集流のためによりよい婿を選ぼうというつもりなのだろうか。宇内には判断がつかなかった。

しかし、佐唯という人間が子供のような人間だからなのか、美しい娘を持った親の傲慢さなのかよく分からないものの、理由と考えられるものはほかにもあって、もしかしたらそれは深い思慮の故なのかもしれなかった。なぜなら、集流の姫君を所望しているなかには、ひじょうに有力な者がふたりいて、そのふたりは著しく仲が悪かったのである。佐唯としては、その二者のどちらかに集流を妻《め》あわせることは、朝廷における旗幟《きし》を明らかにすることで、それは難しい選択でもあった。だったら、その選択は向こうに任せよう、ふたりに任せよう、もしかしたらそういうことだったのかもしれなかった。

とはいえ、どういう事情にせよ、宇内《うない》としては差し向かいで佐唯《すけただ》に集流《たかる》の姫君を娶《めと》りたいと述べるより、ほかの者と共同で申しいれるほうがまだしも気が楽であることはたしかだった。求婚の会は都中の噂になっていた。求婚者はやはり少なくとも二十人はいるようであった。何とも奇妙な心持ちで宇内はその日を待った。

当日はよく晴れ、景京《けいきょう》の都の上に広がる空は明澄であった。いったん落ちついた暑さはすこし戻っていた。

佐唯の屋敷の前には牛車《ぎっしゃ》が何台も並んだ。牛飼童《うしかいわらわ》や供の者たちが道に立ち、あるいはしゃがみ、話しこんだりしていた。

いつもと違ってあらたまった言葉で迎えられ、屋敷に上がると、いくつかの間の障子が取り払われ、御簾《みす》が上げられ、庭に面して大きな広間ができていた。

屋敷全体の趣は節会《せちえ》のようでもあったが、節会よりは緊張した空気があった。人が多いわりには静かで、時間を追ってさらに増えていく求婚者たちは、無言でたがいの姿を横目で眺めあった。みな身拵《みごしら》えを美々しく整えていた。まだ正午には間があるというのに暑く、風はほんの時折吹きつけるだけで広間の空気は熟《う》れて淀みがちだった。こうしたなかで求婚の儀を述べるかと思うと、さすがに気が重くなった。

求婚者たちは上座に並んでいて、噂よりだいぶ多く、三十を越えようかという数だった。佐唯より上位の者も多かったが、やはり有力なのは、仲の悪いふたりの公卿、有賀《ありが》と消見《けしみ》だった。ふたりは眼を合わせなかった。

求婚者が揃ったところで、佐唯が現れた。佐唯はしかつめ顔で尋常ではない婚礼の相談のやりかたを詫び、足を運んでもらったことに礼を述べた。

それですこし場の空気が和らいだ。

誰もが経験のないことだったので、みないったいどういうふうにことが運ぶか不安に思っていた。しかし、佐唯の挨拶は思ったよりもずいぶんまともなものだったので、それで何となく目処《めど》がついたような気になったのである。

佐唯の挨拶の後、正室と集流の姫君と女房たちが現れ、座は一気に華やかになった。さらに膳がつぎからつぎへと運ばれ、緊張はいっそう緩んだ。

婚儀の申しいれにきたとは云え、洛外からきた者のなかには、集流の姫君をはじめて見る者もいた。はじめて見る者は集流の姫君の羞花閉月《しゅうかへいげつ》と謳《うた》われる美しさに息を飲み、重ねて見ることになった者は以前見た時より美しくなっていることに驚いた。そして集ったそれぞれのあいだにありうべき敵対意識が、すこし露わになった。

それから佐唯《すけただ》がふたたび立ちあがって、一同の申しいれの意思をたしかめた。佐唯は何しろこれだけの人数がいるので、ここで意思を翻《ひるがえ》されても構わない、そうされた方々は、このままここに留まって、宴席のつもりで楽しんでくれて構わないと云ったが、誰もそこで集流《たかる》の姫君を諦める者はいなかった。

そして、それを受けて消見《けしみ》が扇を使いながら、集流の姫君の美しさ、雅やかさを讃えて、姫君を正室に望む者は、田舎臭く歌の素養のない者では駄目であることをすこし高い声で述べた。

消見はいかにも何気ない口振りで言葉を連ねたのだが、何気ないとはとらない者のほうが遙かに多かった。消見と反目しあっている有賀《ありが》の垢抜けなさは、公家たちのあいだではしばしば面白可笑しく話されていた。

手にした小さな巾《きん》で首筋の汗を拭いていた有賀は受けて立った。のんびりとしたいかにも他意のない口調で、集流の姫君を正室とする者は、健やかな気質の者であるべきだということを述べ、消見の父親が生き霊に憑《つ》かれて狂死したことを一堂の者に思い起こさせた。消見の顔が赤くなった。

そこで佐唯が割って入り、それから今日の目的である、婚儀の申しいれがはじまった。

申しいれはみなが見守る前で佐唯と話しあうという形で進められた。

それは当事者でなければさぞ面白かったろうと思われるものだった。

ある者は財産の多さを語り、ある者はおのが歌才を誇り、ある者は屋敷の美しさを述べた。手みやげを持ってきた者も何人かいたが、その手みやげの適切さ、不適切さもまた、興味深いものだった。

宇内《うない》は末席にいた。宇内は一番若かった。さすがに気後れがしたし、ほかの求婚者たちの視線も心地いいものとは云えなかったので、その場にすわってからまだ一言も発していなかった。

いよいよ最後の宇内の番になった時、佐唯は芝居がかった態度で、おやここにもまだいたのかといったふうに宇内の顔を見た。佐唯は咳払いをしてもっともらしい口振りで、ここにお集まりのみなさまはみな立派なかたばかりで誰と婚儀を挙げても、集流はさぞかし幸せになるだろうと述べ、それから、宇内殿は集流が喜ぶものを何かお持ちかなと尋ねた。

宇内はその口調にうっすらとした悪意を感じた。

しかし、ほかの求婚者に対抗するようなものを宇内はまったく持っていなかった。

宇内《うない》は困った。

「はあ、有職故実《ゆうそくこじつ》の家なれば、古《いにしえ》のことには通じております」と自分でも舌打ちしたくなるような、詮《せん》ないことを云った。

「ほう、古のことか。古のことに通じておるのは御言《みこと》にはまことによいことじゃな。しかし、古のことに通じて集流《たかる》に何かよいことがあるかのう」

宇内は返事に窮した。

「集流が喜ぶようなことでもあるかな」佐唯《すけただ》は重ねて尋ねた。

集流は書物が好きであることを云おうと思ったが、その時、思いがけずに頭に浮かんだことがあって、それがついと口からでた。

「宝玉などはいかがでしょうか」

「ほう、宝玉をお持ちか」佐唯がおやという顔で尋ねた。

「いや、持っているわけではありませんが、どこにあるかは分かります」

佐唯の顔に嘲りに近い表情が浮かんだ。

「取ってこられるというわけか。なるほど、なるほど。分かり申した。申しいれの儀、承った」

宇内はこれで終わってはちょっとまずいと思った。

「宝玉は羽珠《うす》と明珠《めいす》と夜珠《やす》でございます。お聞き及びでございますか」

佐唯の顔の色が変わった。ほかの者の口から驚きの声が上がった。

「何と、風帯《ふうたい》の三玉か」

「さようでございます」

「それのあるところを知っていると申すのか」

「はい、知っております」

「なるほど」

佐唯はしばらく思案していた。場も静まった。

「風帯の三玉はほんとうにあるかどうかは分からぬのではないか。しかし、あるとすれば、面白い」

佐唯に求婚者としての価値を訴えるという目的は達したが、宇内は宝玉のことを云ってしまったことをすでに後悔していた。どこにあるか知っているとは云ったが、じつはあることはまずたしかだろうということしか知らなかった。そして誰でも書物を繙《ひもと》けば分かることとは云え、宝玉が存在することを知る人間を増やすのはどうもあまりいいことではないような気がした。体の弱い父上に、何と云おうか、と宇内はだいぶ憂鬱になった。

やがて佐唯《すけただ》が求婚者たちに向かってあらためて今日の足労に礼を云い、三月《みつき》の後に誰に集流《たかる》を貰っていただくか、決めると宣言した。三月のあいだにさらに値を釣りあげようというつもりかもしれなかった。

帰り際に集流の姫君と眼が合ったが、集流が今日の会を、そして自分の対応をどのように思ったか、表情からは何も分からなかった。


翌日、集流が宇内《うない》の屋敷にやってきた。集流は先に宇内の父に挨拶し、それから佐唯が上機嫌であることを云い、敷物の上に行儀悪く腰を下ろすと、三玉のことがほんとうなのか尋ねた。

「ほんとうにそんなものがあるのか」

「分からん。あるのではないかとは云われているが」

「しかし、この調子ではおまえが三玉を手に入れないと、わたしはずいぶんまずいことになるぞ」

「だろうな」

「だろうなではすまぬ。何とかしてくれ」

「はて、何とかか」

宇内が旅立つ羽目になったことの発端はつまりはそういうことだった。申しいれの際に自分が三玉のことを云ってしまったことは、さすがに父上に隠しておけなかった。それに三玉に関しては大体のところを聞きかじっているだけなので、詳しいことを訊く必要があった。まずは父の知っていることをすべて知りたかった。

父は宇内が三玉について口を滑らせたことは咎めなかった。しかし実在するかどうかは分からぬぞ、と云った。それから知っていること、そして読むべき書を教えてくれた。そして分かったのは以下のようなことだった。

羽珠《うす》、明珠《めいす》、夜珠《やす》の三玉は、蕃東《ばんどん》がまだ蕃瑯《ばんろう》という名前だった頃、最初の御言《みこと》である青帝《せいてい》が、最初の国「風帯《ふうたい》」を造る時にその力を借りたという宝玉だった。三玉はその後、都の御所に納められたが、いつのまにか在処《ありか》が分からなくなった。『蕃瑯旧事紀《くじき》』やほかのいくつかの文書によると、ある年、天変地異がつづき、卜者《ぼくしゃ》が占ってみたところ、三玉の力を封印すべきだとの託宣があった。それで三つの宝玉はどこかに隠されたらしい。

しかし、隠された場所については何も分からなかった。それは長いあいだ謎とされてきた。だが父親の話では、高莫《こうばく》にある汎《はん》の社《やしろ》に伝わる文書に、その場所が書かれているということだった。その古文書の存在を知るのは宇内《うない》の家の者と、その社の代々の司《つかさ》だけであるらしかった。寝たきりの父親はそこで身を起こすようにして、三玉のことは話してもいいが、その古文書のことはぜったいに話してはならぬぞと云った。

宇内はそれから古い文書を片端から読んでみた。

もっとも正式な記録とされている『蕃瑯旧事紀《ばんろうくじき》』をあらためて読んでみると、青帝《せいてい》が宝玉の力を借りて国を平定したということ、以後御所に納められたこと、そして陽閃帝《ようせんてい》の御代《みよ》に天変地異が多く起こったため封じたということが記してあるだけだった。それが公式な記録のすべてだった。

三玉を実際に見た仏教の僧研真《けんしん》は『不語録』で玉がそれほど大きくないこと、そしてその美しさを記している。

気になることを書いていたのは、汎道の信仰をはじめてまとめた仲悦《ちゅうえつ》の『汎説随覧』だった。

そこには三玉の色がそれぞれ違うこと、そして別々の場所に封じられた時、それぞれに守り手《もて》が付けられたことが書かれてあった。

三玉の守り手についてほかに触れている文書はなかった。貴重なものだから守り手がいて当たり前かもしれなかったが、仲悦は守り手にたいして「異《け》なる」という語を使っていた。衣が異体《いてい》でもあったのか、それともそうしたものとは違った意味があるのか気になった。

古《いにしえ》はいまとは違った時代だった。異なる守り手というのはたぶん人ではないのだろう。人がその役目を負ったとしたら記録に残り、逆に三玉の在処《ありか》は広く知られたものになっていたのではないかという気もした。

ほかの年代が下る文書は三玉についてさまざまな憶説を記していた。とくに諸説入り乱れていたのは、三玉の持つ呪力についてだった。

ある書はその力について風をもたらすと書き、ある書は雨をもたらすと書いていた。これから起こることを教えるというものもあれば、死者を甦らせるといったものもあった。それほど説が分かれているということが意味する事実はひとつだった。つまり誰も三玉の力についてはほんとうのところを知らないのだった。

調べていくうちに、三玉は架空のものではないという印象がどんどん強くなっていった。そしてほかの書が在処について何も書いていない以上、高莫の文書を頼るしか道はなかった。

在処《ありか》の記された文書が高莫《こうばく》にあるということは、風帯《ふうたい》の三玉も高莫にあると見なしていいのだろうか、と宇内《うない》は考えた。そう考える根拠はなかったが、そうでないとまずいなと思った。高莫まで行って、三玉が遠い南の都爛柯《らんか》にあることが分かっても、取りにいく時間はなかった。しかし、いまからそんなことを心配していてもどうなるものでもなかった。まずは高莫の社《やしろ》にある文書をたしかめることが先決だった。

集流《たかる》のせいではじまったことであったが、いま宇内は自らの好奇心に突き動かされていた。もともと古い文書が好きであったし、古《いにしえ》の詞《ことば》に触れることも好きだったので、そうなったことにもとより不思議はなかったのだが。

宇内は父の友人で汎《はん》の社の司《つかさ》でもある花足《かそく》のもとを訪れた。以前、父親と花足が三玉のことを話すのを小耳に挟んだことがあったのだ。その時、高莫の話も出たような記憶もあった。とにかくいまは三玉に関係することだったら何でも聞いておきたかった。

汎の社というのは、神社に似ているが、それよりずっと普通の家に近かった。汎の道が信仰する神々は名前こそ違うものの神道の神々とよく似ていて、ただより小さい印象があった。人の暮らしにぴったりと添った信仰なので、自然にそうなるのかもしれなかった。

花足は飄々《ひょうひょう》としたところがあり、周囲の年長者のなかでは一番心やすく話せる人物であった。またそれだけでなく花足には知識や物腰などに自然に耳を傾けさせるようなところがあった。

三玉に関してはこれまで調べた以上の話は出なかったが、三玉を探す試みがなかったわけではないことを宇内ははじめて知らされた。何となく自分がはじめて三玉に注目したような気になっていたのだが、考えてみれば探す者がこれまでいなかったと考えるほうが不自然だった。

三玉を求める試みは代々の御言《みこと》がたいてい一度は行ったし、ほかにも公家から地下《じげ》の者まで探索に出た者は多いらしかった。しかし、何しろ手がかりが少なかった。三玉が納められた場所が『蕃瑯旧事紀《ばんろうくじき》』などに明確に記載されているのは、首府が美客《びかく》に置かれていた時だった。その時は美客の御所の宝物庫の目録にあった。そして、その三十年後に封印されたという記述がいくつかの文書に現れる。都遷《みやこうつ》りがあって御所が景京《けいきょう》に造られる年のことだった。もしかしたら都を遷すことと、三玉のあいだには関わりがあったのかもしれない、と花足は云った。

「みな、どこを探したのですか」

「さまざまなところだ。高莫《こうばく》が一番多いが、西都《さいと》に行った者もいるし、水楼《すいろう》に行ったものもいる。それぞれ何かしら手がかりがあってのことだろう」

「でも、見つからなかったのですね」

「そうだな、見つかっていない」

「しかし、なぜ御言《みこと》も宝玉の在処《ありか》を知らないのですか。宝玉は陽閃帝《ようせんてい》の命で封じられたのではないのですか」

「それがみなが首を傾げていることだ」花足《かそく》は考えながら云った。

「たぶん、宝玉を封ずることになった理由は天変地異ではないだろう」

「では何だったのでしょう」

「分からない。宝玉を利用して御言に害をなそうとした者がいたのかもしれない。または宝玉自体にそばに置いておけない事情が生じたのかもしれない。もしかしたら封じたというのは方便で、盗まれてしまったのかもしれない。いずれにしても、理由を明らかにできない事情があったのだろう。だから公に記録を残すこともできなかったのだと思う」

宇内《うない》は花足が高莫の文書のことを知っているのだろうかと考えた。しかし自分からそれを尋ねることはできなかった。

宇内はもうひとつ気になっていることを訊いてみた。

「花足さま、守り手《もて》のことは何かご存じですか」

「三玉の守り手か。父上に聞いたのか」

「いえ、自分で調べました」

「仲悦《ちゅうえつ》だな」

「そうです」

「守り手についてはほとんど何も分かってない。何も持たずに帰ってきた者はそもそも宝玉のもとまで辿りつけなかったのだから、分かるはずもないが、しかし」

花足はそこで言葉を切った。

「三玉を探しに行って帰ってこない者もいる。なぜ帰ってこないのかは分からない。もしかしたら、守り手に斃《たお》されたのかもしれない」

宇内は高莫のことも尋ねてみた。

「高莫は人の地ではない」と、花足はいきなりそんなことを云った。

「人の地ではない、と云いますと」

「見えないものや知られていないものの土地なのだよ。高莫では人は猿や犬と同じだ」

意味がよく分からなかった。

「都では木は木で、石は石だ。しかしあそこでは違うのだ。まあ行けば分かる。不思議なところだ」

花足《かそく》の言葉はやはり具体的なものではなかった。分かったことは高莫《こうばく》が変わった場所であるということだけだった。それは多くの書物に書いてあることだったが。

宇内《うない》は社《やしろ》からの帰り道に色々考えた。

花足の話を聞くまでもなく、三玉が封じられた場所が記録に残っていないのはもちろん意図的にされたことだった。しかし、残っていないからといって書かれなかったわけではないだろう。いや、盗まれたのでないかぎり、かならず記録はあるはずだった。封じた者が誰であるにしろ、それを記憶のなかにとどめて口伝にしたということは考えにくかった。宝玉はそれほど頼りない手段で記憶するにはあまりに重要過ぎた。

そこまでは誰しも考えるはずだ。だから、これまで三玉を求めた者はまず文献を漁ることからはじめたはずだった。文書の数は少なくなかった。倭国《わこく》から文字が伝わって以来多くの文書が書かれた。重要な文書には写しが多くあるが、そうでないものにはもちろん写しはない。寺や宮や社には門外不出の文書があるはずで、公家の家にもそういうものがあった。一枚二枚の書きつけなどの類まで入れたら、さらに数は増えるはずで、それら蕃東《ばんどん》中にある文書のどれかに三玉の場所はかならず記されているはずだった。三玉は棄てられたわけではなく、封じられたのだから。

父上が云った高莫の汎《はん》の文書はいったいどういう経緯で書かれたものだろうか、と宇内はなおも考えた。

どう考えても、御言《みこと》は、陽閃帝《ようせんてい》はそれを書くことに関して何らかの役割を果たしたはずである。それに、託宣を下したという卜者《ぼくしゃ》もほんとうに存在するとしたら、文書に関係しているかもしれなかった。

なぜ、後代の御言にそれが伝わらなかったのだろう。どこで途切れてしまったのだろう。そして宮廷の人間さえ存在を知らないらしい高莫の文書は誰がどういう経緯で隠したのだろう。自分の家が関係しているということは、宝玉が封じられるにあたって、自分の一族も関係していたということなのだろうか。

しかし、それらはどれも答えのでる疑問ではないようだった。

袋小路に入ったので、宇内は公の文書の記載に戻ってみた。

天変地異がつづいたので、占ってみたところ三玉に原因があることが分かったという『蕃瑯旧事紀《ばんろうくじき》』の記述は、どのくらい信用していいのだろうか。

三玉が国に災いを招いたというのは、三玉にそれほど呪力があるということだろうか。それほどの力とは何なのだろう。それとも、それは宝玉の力が関係しているというより、やはり口実のようなものだったのだろうか。

天変地異がつづいていたならば、人心も乱れていたはずである。天変地異の理由が何かあれば、民は安心しただろう。それで陽閃帝《ようせんてい》は三玉を封ずることにしたのかもしれない。あるいはその年に都を遷《うつ》している。験担《げんかつ》ぎのような意味合いはなかったのだろうか。

『蕃瑯旧事紀』の記述を信用するなら、卜者《ぼくしゃ》の託宣の詳しい内容を知れば、手がかりになるかもしれなかった。そしてさらに大きな手がかりは卜者が誰だったのか、ということだろう。封ずるにあたっては、卜者の意見が詳細を決めたのではないかと思われるからである。しかし、卜者のことを記した文献はこれまでのところはなかった。

宇内《うない》は屋敷に戻って深更まで考えた。文庫《ふみぐら》の窓から見える月は、船のように夜の藍のなかを渉っていた。

いったい卜者は誰だったのだろう。二百年前に占いを行ったものは少なくない。

仏、神、汎、道、陰陽《おんみよう》、それに呪禁、鬼道、それぞれがそれぞれの占いの方法あるいはそれに準ずるものを持っていた。有力な者であればだいたい名前は残っている。そのうちの誰かに違いなかった。なぜ名前を消す必要があったのだろう。もしかしたら、卜者の名前を消すこと自体に、三玉に関わる手がかりがあるのだろうか。いずれにせよ宝玉がこれまで見つかったという話は伝わっていなかった。見つかったこと自体が秘密にされていることも考えられたが、そういう話はかならずどこかから漏れるものなので、まったく聞かないということは、まだ三玉は隠された場所に眠っている証拠と考えてよさそうだった。

機は熟した。宇内は旅の支度をはじめた。宮廷の書庫にある地図を自ら書き写し、高莫《こうばく》へ行ったことがあるという者の屋敷を訪ねて高莫についてあれこれ教えてもらった。思ったより高莫は近く、二十日ほどの旅で行けるようだった。

ただ近いとは云っても、宇内は子供の頃の倭国《わこく》への旅をべつにすれば、旅というものをしたことがなかった。しかも倭国への旅は船旅だった。陸を歩いてというのは、遊山で半日歩くくらいしかなかった。旅慣れているとはとても云えなかった。まず供を何人連れていくかが問題だった。人数が多ければそれだけ楽にはなりそうだったが、目的が目的なだけに人を増やすのは望ましくなかった。まずはひとりといったところだろう。

誰を連れて行くかでしばらく悩んだが、考えたすえに嘉七《かしち》を選んだ。嘉七は宇内《うない》が子供の頃から仕えていて、気が利くとは云いかねるところもあったが、篤実でしかも高莫《こうばく》と景京《けいきょう》のあいだにある桓州《かんしゅう》の出身だった。

出で立ちはなるべく目立たないようにして、刀も短いものを持っていくつもりだった。道中には山賊などもいるということで、当麻《たぎま》のところに行き、三度ほど剣術の稽古をつけてもらった。

子供の頃は同じほどの腕前だった当麻は、いまでは都で三本の指に数えられるほどの剣の使い手になっていて、宇内がいくら向きになって打ちこんでも、流水のような体さばきでかわされるばかりで、木剣を合わせることすら難しかった。逆に当麻の木剣に軽く撫でられた肩や腕は痣《あざ》だらけになった。

稽古の合間に茶を喫《きっ》しながら高莫に行くことになった理由を話すと、当麻はあきれた。しかし道中は気をつけるように云った。

「争いになった時は逃げられそうだったら逃げろ。おまえは足が遅くない。相手の数が多ければまず勝てない。刀を合わせるはめになっても、いつも自分の後ろは空けておけ。しかし、どうしても剣を交えなければならなくなって、もう駄目だと思った時は、下がらずに前に出ろ。忘れるなよ、一歩でいい。前に出ろ。一番大事なのはそれだ。忘れるな」当麻はそう助言してくれた。

出発の前日、宇内は旅に出ることを隣家に告げに行った。集流《たかる》は女房たちと貝合わせをしていた。

「宝玉を探しに行くのか」

縁に出てきた集流はそう尋ねた。宇内はそうだと云い、それから声を低くして、高莫まで行くと答えた。

「見つかりそうか」

「分からない」

「頼りないのう」そう云って集流は首を振った。

集流は「何とか頼むぞ」と云って宇内の両肩に手を掛けて、それからすこし待てと云い、奥に消えた。

「お守りだ。持っていけ」

戻ってきた集流は手にしたものを差しだした。

それは集流《たかる》が子供の頃から大事にしていた銀の鈴だった。あまりに小さいので耳元に近づけなければ音が聞こえなかった。赤い絹の紐がついていた。

その日はもうひとつ受けとったものがあった。屋敷に戻って夕餉《ゆうげ》を済ませた頃、訪れた者があり、それは届け物を携えた花足《かそく》からの使いだった。使いは藍染めの平包みを解き、小さな物を取りだして、それを差しだした。布を縫いあわせて作った白い小さな犬だった。胴の両側に赤い糸で字が縫い取られていた。右側に「劫《こう》」、左側に「須《しゅ》」とあった。

これは何に使うのだろう、護符の類なのだろうか、と宇内《うない》はしばし考えた。しかし花足がわざわざ届けてくれるほどの物だから持っていって損になることはないはずだった。

宇内は自分がやろうとしている旅がじつは大変なものではないのか、とその時はじめて思った。

九月の半ばのことであった。まだ暗いうちに旅支度をととのえた宇内と嘉七《かしち》は父親の寝所に行き、これから旅に出る旨を告げた。父は無事で帰ってくるようにと云った。

女房たちに見送られ、宇内と嘉七は昇ったばかりの日の光を受けて、北につづく街道に向かった。高莫《こうばく》までは順調にいけば二十日、都と高莫のあいだには六つの州があり、三つの大きな川があった。川で足を止められたとしても二十五日もあれば着けるはずだった。

ふたりは都の大路を東に向かい、一度の休みを挟んで三刻ほどで北につづく街道に出た。九月だというのに日差しは夏のようで、それでもだいぶ距離は稼いで、その夜は予定よりひとつ先の三解野《みときの》まで行くことができた。

宿場町というものを見るのはほぼはじめてだったし、下《しも》つ方《かた》の出で立ちで、ほかの者に混じっているので、何もかもが新鮮だった。

宿屋に泊まっている者はほんとうにさまざまで、郡司や国司の使いと見える者、商い人、旅回りの俳優《わざおぎ》などもいた。なかでも変わっていたのは狼狽《ろうばい》使いだという男で、赤黒い顔によく動く眼を持ち、黒い衣からは嗅いだことのない臭《にお》いが発しているように思われた。宇内と嘉七は狼狽を見にわざわざ宿の前にでたが、俄仕立《にわかじた》ての檻には布が被さっていて、なかから微かな音が聞こえただけだった。

宿のほうで用意してもらった夕餉はさすがに粗末なものだったが、湯に浸かることができた。汗をかいて埃だらけになった体をきれいにできるのはありがたかったし、湯は熱かったが一日の疲れが眼に見えるように抜けでていった。体を湯のなかに沈めながら、宇内《うない》は自分が旅にでたことにあらためて感慨を抱いた。その夜は疲れているはずだったが、あまりよく眠れなかった。

二日目からはひたすら歩いた。そして水や食料を切らさないようにたえず気をつかった。足が弱いほうではなかったので助かった。景京《けいきょう》を離れれば離れるほど宿場町は小さくなっていった。街道から見る景色も同じようなものがつづいた。

最初の川である咲川《さきがわ》まで辿りついたのは四日目の昼だった。渡し船で川を渡り、その後は山をひとつ越えなければならなかった。その夜は山の手前の中垣《なかがき》の宿場で一泊することにした。

中垣の宿はほんとうに粗末なものであったし、湯もなかったので、宇内はだいぶ失望を覚えた。とにかく楽しみと云えば、食べることと湯に浸かることとくらいだったのである。そうやってふたりだけで旅をしてみると、嘉七《かしち》は話し相手としてはそう悪くないことが分かったが、さすがに詩や唐の史書のことを話すわけにはいかなかった。

旅の友となるのは空であり草木であり土埃であった。道のわきには仕事に精を出す百姓がいて、ふたりを追いこしていく飛脚もいて、衣の裾が破れて煙のようになった聖《ひじり》とも擦れちがった。旅というものは宇内の眼を小さなものに向けさせ、同時に大きなものに向けさせた。

嘉七の腰が悪くなったのは、山を越えてまた平地に戻った時だった。高莫《こうばく》までの道のりをようやく半分までいったあたりである。

ある村の百姓の家で水を分けてもらい、縁を借りて昼をしたためた。そして出発しようという段になって、嘉七は立てなくなった。いや、立とうとしてそのまま蹲《うずくま》ってしまった。宇内が驚いて声を掛けると、額に脂汗を浮かせて、嘉七は腰が伸ばせません、と云った。格別何かしたわけではなかったが、だからこそ余計にすぐに治るようなものではないように見えた。

その家の者たちはみな親切そうだった。その日は結局、その家に泊めてもらうことにした。老いた夫婦と娘がひとりだけの家だった。

翌日になっても嘉七の腰はよくなっていなかった。しばらく思案した後、嘉七はしばらくその家で養生させることにした。宇内は老いた夫婦に金子《きんす》を差しだし、自分の願うところを述べた。ふたりは了承した。

嘉七は宇内がひとりで旅することを心配した。金子はあまり人に見せてはいけませぬ、と云い、三日もすればよくなって跡を追いますと付けくわえた。

宇内《うない》は百姓の家を後にして旅立った。

丸一日ひとりで歩き、ひとりで食し、水を飲み、また歩いた。嘉七《かしち》とはそれほど喋りながら歩いたわけではなかったが、こうなるとやはり寂しいものだなと歩きながら思った。

その夜は、小曲《おまがり》というところで夜を過ごすつもりだったが、そこまで辿りつかないうちに、日が暮れてしまった。日が短くなっていた。周囲にあるのは田畑ばかりで、はてどうしたものかと思いながら薄暗い道をとぼとぼ歩いていると、道からすこし外れたところに堂のようなものがぽつんとあるのが眼に入った。

草の上の踏み分け道を辿って前まで行くと、それは納屋だった。戸に手を掛けて引くと簡単に開いた。内側は暗くて見通せなかったが、とりあえず夜露はしのげそうだった。外で寝るよりは何倍もましだった。宇内はそこで寝ることにした。

暗いせいでよく見えなかったが、納屋にはさまざまな物が押しこめられているらしく、横になると足をいっぱいに伸ばすこともできなかった。寒さに備えて布袋に押しこんできた皮衣《かわごろも》を体に掛け、何ともわびしい気持ちで宇内は眠りについた。

朝方に不思議な夢を見た。

夢のなかで宇内は起きたところだった。起きて腕を動かすと戸板に当たった。ああ、納屋で寝たのだったなと思い、身を半分起こして戸を開けると日はもう昇っていて、宇内は眼をこすりながら立ちあがった。皮衣のあいだから何か白いものが落ちた。

拾いあげるとそれは一枚の紙だった。何だろうと裏返して見るとそこには字が書いてあった。「来不得」と読めた。首を傾げていると手にしたそれが一瞬震え、指のあいだからひとりでに擦りぬけた。それはいま紙ではなく白い蝶になっていて、蝶はひらひらと外に飛んでいった。

宇内はそこで眼が覚めた。周囲を見まわしても紙はなかった。戸を開けて外に出るとほんとうに日が昇っていた。

その日はほとんど人の姿を見なかった。しかし夕方無事に目指す宿場町に辿りつくことができた。そこは北の街道が東の都九曜《くよう》へとつづく街道と交わるところだったので、なかなか賑わっていた。宇内は無事に旅籠《はたご》の一軒に泊まることができた。足を洗い、座敷に上がり、湯に浸かり、布団に箱枕で寝た。それは何とも贅沢で、何ともありがたいことだった。

つぎの日、起きると雨が降っていた。さすがに蓑《みの》の支度はなかったので、宇内は宿の主から蓑を売ってもらった。

雨のなかを歩くのは気が滅入るものだった。これから北に行くにつれてだんだん寒くなっていくことにも暗い気持ちになった。

空は暗く、雨具は重かった。できれば屋敷で書を読んでいたかった。古詩でも読んでいたかった。

屋敷にいれば何の苦労もないものを、と宇内《うない》は思い、集流《たかる》の頼みをきいた自分を恨めしく思った。

不思議な夢はそれから二度見た。夢のなかで自分は紙を手にしているのだった。紙はやはり動きだし、手から落ち、虫になって、かさかさと逃げていったりした。そしてやはり「来不得」と書かれていた。

三度目の夢から覚めた宇内は、それが自分の旅と関係あることを確信した。誰かが、何かが、自分が高莫《こうばく》に行くことを欲していないのだった。しかし、誰が文を書いているにせよ、三つの夢は自分が正しい道を選んで進んでいることを証していた。

宇内は不安になると同時に確信もまた手にしていた。

秋風《しゅうふう》の客、日月《じつげつ》の孤客となった宇内は、歩きながら詩を作ることにした。筆と墨と硯は持ってこなかったので、作った詩は憶えることにした。

周囲に山の影が増えていた。森を抜けるたびに山の影が濃くなっていった。高莫には後四日ほどで着くはずだった。

十九日目だった。旅籠《はたご》を出て歩くこと数刻、ふと顔を上げるとふたつの山が眼に入った。高莫がどこからどこまでを指すかは定かでなかったが、間違いなく高莫はそこにあった。

東に見える、頂きに雲を載せた山は、蕃東《ばんどん》一高いと云われる王丹山《おうにさん》だった。そして西に見えるその半分ほどの高さの白い山の連なりが灰山《かいざん》だった。遠い北の都水楼《すいろう》や月都《げっと》までつづく街道は、そのふたつの山のちょうど真ん中を通っていた。目指す汎《はん》の社《やしろ》は灰山にあった。高莫は王丹山まで含む地方一帯を云うこともあるが、一般には灰山だけを指すことが多かった。白い山の連なりは遠目にも何かしら常ならぬものを感じさせた。

宇内は長いあいだ歩いてきた街道を西に折れ、灰山につづく道に踏みいった。花足《かそく》さまは高莫は人の土地ではないと云っていたな、と宇内は思った。道を進むにつれて草は少なくなり、木の丈は低くなっていった。前方に見える山並みは白く、その白さは眼に心地よいものではなかった。

古伝には高莫と思われる地がしばしば登場して、その白さの理由が説かれていた。『本古記《もとのふるぶみ》』には、須左理《すさり》と須背理《すせり》の二柱の大神が天稚《あめわか》の国と地稚《つちわか》の国を造ったとあいた。そして天稚《あめわか》の国に日読《ひよみ》と月読《つくよみ》を置いて、地稚《つちわか》の国には日宣御子《ひのりのみこ》と月宣御子《つくのりのみこ》を置いた。須左理《すさり》が須背理《すせり》の体を通して地稚の国をこねていた時にまだ柔らかかった地稚の国は、須左理の指が離れる際にすこし糸を引いた。だから地稚の国には出っ張りがあり、それが王丹山《おうにさん》になった。

そして日宣御子は地稚の国で眼を覚まして立った。月宣御子はまだ眠っていた。日宣御子は月宣御子を起こすために顔の上に大穂霊《おおほむち》をかざした。月宣御子は眼を覚ましたが、大穂霊は日宣御子の手からすこしこぼれて、月宣御子の髪を一房焼いた。灰はいつまでもそこに残り、草も木も生えないようになった。それが高莫《こうばく》になった。

そうした記述から高莫を地のはじまったところだと見る者は多い。ほかの古伝にも同様の記述があるし、高莫には古伝に出てくる地名がそのまま残っていたりもするので、ますます信憑性は高かった。

そしていま自分の眼で見る高莫はたしかに古さをまとっていた。

王丹山のほうは少なくとも麓は緑に覆われていた。それに比して、灰山《かいざん》は麓からうねるように白い裸の山並みがつづくばかりだった。

宇内《うない》がいま歩いている道の両側にはすでに木や草はほとんどなかった。ただ白い土が剝きだしになっていた。この土はあまり木や草によくないのだろうかと宇内は思った。前を見ると空をただ白い稜線が区切っていた。

目指す汎《はん》の社《やしろ》にはその日のうちに着けるはずだった。右手に沢が現れたので、竹の水筒に水を入れるために、宇内は道を外れ、沢に降りた。

さすがに沢の両側は藪になっていた。藪を押しわけて水辺に下りた宇内はまず自分の喉を潤してから、水筒をいっぱいにした。すこし早かったがついでにそこで昼をしたためることにした。手頃な石を探して腰を下ろし、宇内は乾し飯《いい》と干した魚を齧った。見あげると九月の空は高く、一渡りの風が身を寄せあうように茂った矮小な杉の木立《こだち》を揺らした。耳を打つのは水の音ばかりだった。小さい蟹の群れが水の底を走っていった。蟹までが白かった。

孤然として飯《いい》を食《は》み、ただ水声を聴く、と宇内は頭のなかで語を並べた。しかし詞はうまくまとまらなかった。

すこし元気になって道に戻り、地図をたしかめると、目指す磐晶《ばんしょう》の社まではわずか二里ほどであることが分かった。

しだいに道が急になり片側が崖になった。半里ほど登って谷底を見おろすと眩暈《めまい》がしそうだった。灰山《かいざん》は遠目で見たように低い山ではなかった。

空を鷹が横切り、そろそろ峰のうちに切れこむ道が現れるはずだがと思った頃、左手に大きな岩が現れ、そこを過ぎると細い道があった。宇内《うない》はその道に入った。すこし歩くと突然視界が開けた。

そこで灰山の全貌がはじめて見渡せた。そこが灰山のほんとうの入り口だったのだ。

日の下に白い山並が重畳《ちょうじょう》として広がっていた。端々に高い山があったが、中央のやや左にある山が一番高く、四つばかりの山がそれに身を預けるようにして並んでいた。

視界のすべてを覆った灰山はまるで白い海のようだった。ゆっくりと空に迫りあがる、色というものをすっかり剝ぎ取られた大海のようだった。

道は一旦下りになり、それから尾根に沿ってつづく登り道になった。曲がりくねった道の先に珍しく緑が見えた。緑のなかに朱色が見えた。それが目指す社《やしろ》だった。社の前は石段になっていた。石段は五十段ほどで、登りきると汎《はん》の社特有の白木の鳥居があり、その奥に背の低い杉に囲まれた朱色の社が見えた。社の向こうはまた地形が沈みこみ、その底は浅瀬になっているようで、水声があった。磐晶《ばんしょう》の社は思ったより立派だった。宇内は社の隣にある住まいに向かった。

磐晶の社の司《つかさ》である朗桂《ろうけい》は鶴のように痩せていた。

宇内が自分の名を告げると、朗桂は驚いた顔になり、屋敷のうちに招じいれた。そこで朗桂は若い下働きに茶を淹れるように云い、宇内を奥の間につれていった。そこで宇内は父親からの書状を渡した。

書状に眼を通してから朗桂は云った。朗桂の声は見かけから想像するよりも低く、しっかりしたものだった。

「父上はご病気と聞いたが、まだよくはならぬのか」

「はい、悪くはならないのですが、床から離れるまでよくなるということもありません」

「事情が許せばわたしが祈禱に行くのだが、長い時間ここを離れるのはなかなか難しくてのう」

「さまざまな療治をしております。快方に向かってくれるとよいのですが」

若い下働きが茶を持ってきた。一口茶を含んでから朗桂は尋ねた。

「そなたが三玉を求める理由が書状には書かれておらぬのだが、なぜ三玉が必要になったかのう」

宇内《うない》はありのまま云っていいものか一瞬躊躇したが、ここで嘘や曖昧なことを云ってはならないような気がして、結局すべてを話した。

朗桂《ろうけい》は黙って耳を傾けていたが、話を聞きおわると声を上げて笑った。闊達《かったつ》な笑いだった。宇内もそれで気分がよくなった。朗桂はひとしきり笑った後で云った。

「ご存じかな。ここに三玉を探しにきたのはそなたがはじめてではない。わたしの代になってからもふたりきた」

宇内は驚いた。ここにある文書を知っている者がいたのだ。しかし、考えてみれば、問題の文書のことを知っているのが父親と朗桂だけだと考えるほうが無理があった。文書は書かれてから二百年も経つのだ。そのあいだ秘密がずっと保たれたとは思えなかった。

「そうなのですか。では三玉はもう見つかっているのですか」宇内はがっかりして尋ねた。

「いや、見つかってはいないと思う」

「文書には場所が記してあるのではないですか」

「記してあると云えばあるのかもしれないが」朗桂の返事は歯切れの悪いものだった。

「探しにきたふたりには文書は見せたのですか」

「見せていない。だが文書は写しがほかにもあるのだろう。ここにきた者たちは文書の内容は知っていた。自分の眼で見たか、それとも聞いただけかは知らないが。ふたりは文書についてわたしが知っていることを尋ねにきた」

「何か教えたのですか」

「いや、わたしにも分からないことのほうが多いのだ。文書を持ってこよう。すこしお待ちくだされ」

そう云って朗桂は立ちあがり、姿を消した。

朗桂はなかなか帰ってこなかった。静かだった。開いた障子の向こうに山水画のような景色が広がっていた。遠くで水を使う音がした。つづいて鶏の声が上がったような気がした。それからはまた何も聞こえなくなった。なぜ自分はここにいるのだろうと宇内は一瞬不思議な心持ちになった。

ようやく縁に足音が響いて朗桂が姿を現した。朗桂は待たせたことを詫び、四つ目に綴じた薄い文書を差しだした。表紙には『参辰筆録《さんしんひつろく》』とあった。

「まずはこれに眼を通されよ」

そう云って、朗桂はまたいなくなった。

「参辰《さんしん》」という語は明らかに三玉のことを婉曲的に指していると思われた。内心の興奮を抑えながら宇内は書を開いた。

『参辰筆録』はごく薄いものだったので、四半刻ほどで読むことができた。しかし、読むことはできたものの、内容を理解することはできなかった。羽珠《うす》と明珠《めいす》と夜珠《やす》の名前は出てきたが、それはそれぞれ「羽辰」「明辰」「夜辰」となっていた。そして、封ずることになった理由を想像させることが漠然と書かれていた。封じられたのは陽閃帝《ようせんてい》が即位された時なのだが、御言《みこと》と兄君とのあいだで帝位をめぐって争いがあったようである。そして兄君を擁立する側はどうやら三玉を使って何かしら善からぬことを考えていたらしく、陽閃帝は二度とそんなことが起こらないように、封ずることにしたらしかった。兄君の側が何を仕掛けたか、三玉の力がどういうものかについては書かれていなかった。

文書を書いた者の名は記されていなかった。だから文書が誰によって、どういう目的で書かれたかは判然としなかった。

そもそも三玉は御所の宝物庫に収められていたはずだった。景京《けいきょう》の御所は番方によって護られていて、宝物庫の周囲には濠《ほり》が回《めぐら》されている。三玉が封じられた頃のことは分からないが、たぶん御言の直接の指示がなければ、庫を開くことはできなかっただろう。三玉を封ずるまでの経緯は憶測すら許されないものの、三玉を庫から取りだすことも、どこかに移すことも、多人数でやったとは思えなかった。三玉ほどの大事な物を保管する場合はふたつしか手段がないだろう。誰もが知っているところに厳重に保管するか、誰も知らないところ、発見されないところに保管するか。ふたつめの方法を選んだ以上、宝の在処《ありか》を知っている者が少なければ少ないほどいいのは分かり切ったことだった。そしてその少ない者たちは御言にごく近い者だったはずだ。託宣を下した占いの者だろうか。伝わっているところでは、卜者《ぼくしゃ》は卜部《うらべ》の者ではないようだった。この文書は御言のためにその卜者が記したものだろうか。

文書を読んでも誰も三玉を見つけることができなかったのは、もっともなことだったかもしれない。文書には高莫《こうばく》に三玉を封じたとあるものの、詳しいことは何も書かれていなかったのだ。三玉が封じられる理由になった託宣のことも、その託宣をもたらした人物のことも、何も書かれていなかった。

御言が卜者を信頼していて、天変地異の理由は御言のそばに三玉があることだ、という託宣が出たとしたら、封じられたのは当然だったのかもしれないが、三つの宝玉はただ美しいとか価値があるといったものではなかった。どういうものかは分からないが力を持っていたと伝わっている。御言《みこと》にとってそれを封ずることは自分の力を弱めることではなかったのか。しかし、そういったことに関しては判断する材料がないので考えても無駄だろう。

御言はやはり三玉が人の前に現れることを望んでいなかったのかもしれなかった。

そうは云っても文書には明らかに三玉を封じた場所に関すると思われる記述があった。それはひとつの詩として記されていた。

白山に佇《た》ち沈陽を思う
天の北斗また地に遊び
天枢《てんすう》の猿猴《えんこう》に羽を与う
水舌《すいぜつ》は玉衡《ぎょっこう》に明明とし
揺光《ようこう》の気毛物夜に響《とよも》す

文書の最後に書かれたこの詩を直感的に三玉の在処《ありか》だと思ったのは、もちろん「羽」「明」「夜」の三字が見えるためだった。そして詩の全体の調子だった。

宇内《うない》はさらに詩を眺めた。

簡単に読み取れることがいくつかあった。

「天枢」「玉衡」「揺光」はもちろん『太史公書』に見える、北斗七星をなしている星のことだった。柄杓《ひしやく》の先から数えると一番目と五番目と七番目に当たる星だった。

二行目の「天の北斗また地に遊び」から考えると、北斗七星の形をした何かがどこかにあるのだろう。そして三つの星の位置に宝玉が隠されているのだ。

一行目の「白山に佇ち沈陽を思う」はその北斗七星がどこにあるかを示しているのだろう。

「白山」は灰山《かいざん》のことで間違いないように思われた。「沈陽を思う」というのはすこし厄介だった。「思う」とは何だろう。思っただけでは何にもならないのではないだろうか。詩を賦する立場に立てば、沈陽の後はおそらく「望む」と受けるはずだった。なぜ「思う」なのだろう。しかし、おそらくこれは沈む陽を見るということだろう。夕陽が沈む頃に何か白山から見えるのかもしれなかった。山の影か何かなのだろうか。

「白山」のどこに立つかは書かれていなかったが、たぶん連山のなかで一番高い山に行けばいいのだろう。その頂きに立った時、何かが分かるのだろう。いや。頂きとは書かれていないので、頂きまで登ることはないのかもしれないが、ひとまず登ってみる覚悟はしておいたほうがいいだろう。

「天枢《てんすう》の猿猴《えんこう》に羽を与う」は羽珠《うす》が天枢にあたる場所にあることを示していると見ていいようだった。そしてそれを守っているのは猿か、猿に似たものなのだろう。

分からないのは最後の二行だった。

「水舌《すいぜつ》は玉衡《ぎょっこう》に明明とし」の水舌というのが分からなかった。水舌というのは蕃東《ばんどん》の言葉にはなかった。知るかぎりでは唐にも倭国《わこく》にもなかった。水の生き物か草かと思われたが、それが猿のように明珠《めいす》を守っているのだろうか。「水舌」という語にはすこし背中が寒くなるような響きがあった。

その夜、朗桂《ろうけい》と夕餉《ゆうげ》をとりながら、宇内《うない》は自分の考えを話した。朗桂は宇内の話を黙って聞いていたが、最後によくぞそこまで考えた、と感心してくれた。

「しかし、水舌というのが分からないのです。それと五行目の『気毛物』というのが分かりません」

「そのふたつはわたしにも分からないのだ。羽珠が猿に守られているとなると、水舌も獣の一種であろうか。『気毛物』も『気の獣』と読める」

「そうですね。わたしもそう考えました。しかし、気の獣、とは何でしょう。水舌はまだ想像できないでもないですが、気の獣というのはまったく想像できません。鳥のようなものなのでしょうか」

「なるほど、そうかもしれん。鳥はたしかに気とは関係あるな」

「あるいは飛ぶ虫か何かでしょうか。その場合は毛のある虫であっても『気毛物』と書くような気がします」

「蜂には毛があるな。夜珠《やす》が蜂の群れに守られているとしたら、なかなか厄介ではある」

「しかし、とにかく場所を探さなくてはなりません、明日、一番高い山に登ってみます」

「灰山《かいざん》で一番高い山は白櫓《はくろ》と呼ばれておる」朗桂は云った。「景京《けいきょう》からの旅で疲れが溜まっているのではないか。白櫓に登るのは明後日にしてはいかがかな。山に登るというのは簡単なことではない。灰山の詳しい図の用意はおありかな。なければ明日写すのがよかろう」そう云った朗桂はなぜか思案顔だった。

まだ暗いなか、支度を調えて白櫓に向かう時、朗桂は鳥居まで見送ってくれた。

朗桂は天気がいいことを喜び、首尾よくいくようにと云った後で、探すものが小さすぎて見えないこともあれば、大きすぎて見えないこともある、と妙なことを云った。意味が分からなかったので訊き直そうとしたが、すでに朗桂《ろうけい》は背を向けていた。

社《やしろ》で一日ゆっくりしたので足は軽かった。しかしこれから歩くのは平地の道ではなく山道だった。宇内《うない》はこれまで白櫓《はくろ》のような高い山に登ったことはなかった。慎重に進むに越したことはないようだった。

磐晶《ばんしょう》の社から白櫓まで直接に行くには尾根を伝っていくのが一番近いようだったが、そこにはもちろん道はなかったので、遠回りになるが灰山《かいざん》全体を見渡す場所まで戻ることに決めていた。行く先がどこからも見える場所なので、少なくとも行く時に迷うことはなさそうだった。

結局白櫓の尾根の端に着くまでに半日かかった。それから一刻ほどかけて日の沈む側に回った。

白櫓の西側の尾根からの眺めは街道から入った道で見たそれよりも平坦だったので、さらに海に似ていた。

宇内は尾根に沿って登った。頂上までの道のりの三分の一ほどは登ったかもしれなかった。登りながら「天の北斗また地に遊び」という行《くだり》を頭に思い浮かべて、それがいったい何を表しているのか考えた。そもそも、それはどこに現れるのだろう。日が沈む方向に現れるのか、それとも白櫓の側になのか。

地図の上の何かを結んでいくと北斗七星の形になるのでは、とじつは最初に考えたのだが、「白山に佇《た》ち沈陽を思う」という行《くだり》はやはり実際に白櫓に行くことを求めているような気がした。少なくとも朗桂のもとにあった図に、北斗七星を成すようなものを見つけることはできなかった。

朝からほとんど休まずに歩いてきたのでさすがに疲れた。思った通り平地を歩くのとはだいぶ違うようだった。体が重く、膝に力が入らなかった。あと一刻ほどで日が沈むはずだった。そろそろどこで夜を過ごすか考えたほうがよさそうだった。山の夜は冷えこむだろう。麓に近いあたりには岩のくぼみや洞《ほら》がいくつもあったが、登るにしたがってそういうものは減っていき、中腹にさしかかったあたりからまったく見なくなった。すこし戻ったほうがいいかもしれなかった。とりあえず宇内は腰を下ろして休んだ。

すわったまま西を眺めた。すこし靄が出ていた。靄は谷や窪地をゆっくりと這っていた。そのため白い山並みはますます海のように見えた。谷にわずかに繋った木や草は紫に烟《けぶ》っていた。細い川筋は白い岩の広がりのなかでさらに白く光り、池や湖もまた光って見えた。そして何より目立ったのは、あちらこちらに見える無数に散らばる岩の洞《ほら》の黒い口だった。左手に見える山などは大小の洞がむやみに多く、内側は空洞なのではないかとさえ思われた。

そしてそれは突然やってきた。

ぼんやりと考えている時に鳶《とび》の声が聞こえた。空を見あげて、ゆっくりと曲線を描く鳥の影を追い、それから地に眼を戻した時、そこに北斗があった。

ひとつずつ見ると分からなくて当然だった。眼の前の景色全体を見る必要があった。

白櫓《はくろ》は遠くから望むとほかの峰に囲まれているように見えた。いまその白櫓の斜面に立って、西を見ると、白櫓を囲む峰は三つあった。そしてその三つの山肌に散らばる洞の口の大きなものをつないでいくと斗《ひしやく》が現れた。あまりに広い範囲にわたるので最初は気がつかなかったのだ。靄が出て、小さな穴が霞んだことも、柄杓《ひしやく》の明瞭さを助けたのかもしれなかった。

しかし、巧妙だった。まったく巧妙だった。

手がかりは時の流れに耐えられるものでなければならなかった。これだったら山崩れや大きな地震《ない》でも起こらないかぎりいつになっても失くならなかった。

宇内《うない》は暗くなるまでに三つの洞の位置に関することをすべて憶えようとした。遠くから明瞭に見えるからと云って、その三つの洞窟を簡単に探しだせるとは思えなかった。三つの位置関係、それぞれの周辺の地形の特徴を宇内はできるかぎり細かに記憶した。

ひとつめの天枢《てんすう》は東の谷の奥まったあたりにあった。ふたつめの玉衡《ぎょっこう》は滝の横にあった。そして最後の揺光《ようこう》は一番左手で、奇岩が並ぶあたりにあって無数の小さな洞に囲まれていた。忘れないようにそのことを何度も口に出して繰りかえした。宇内はまた朗桂《ろうけい》の言葉を思いだしてもいた。朗桂は北斗七星を作っているのが洞の口であることを知っていたのだった。

朗桂はいったいどこまで三玉のことを知っているのだろうかと宇内は考えた。しかし、もう空が赤みを帯びてきていた。急いで下りて、夜を過ごす場所を探さなければならない。宇内は登ってきた道筋を逆に辿りはじめた。

翌日、宇内は磐晶《ばんしょう》の社《やしろ》に戻った。そして朗桂に北斗七星を見つけたことを語り、詩の意味を知っていたのかと尋ねた。

朗桂はうなずいた。

「洞《ほら》のことに気がついたのは十年ばかり前のことだ。そしてわたしはそれを倅《せがれ》に話した。話さなければよかったのだ。それからしばらく経ってから倅はいなくなった」

朗桂《ろうけい》はそこですこし黙った。

「宝玉を探しに行ったのですか」

「たぶん、そうだろう」

口調で朗桂の息子がそれから帰ってきていないことが分かった。

「文書がこの社《やしろ》にあるということは、三玉を護るのがわたしの務めのひとつなのだろう。倅の務めもそうだったような気がするのだが」

朗桂の口調は淡々としていた。

「そなたは気がつくと思っていた。わたしは探していないが、宝玉は三つの洞のなかに隠されているのだと思う」

今度は洞窟のなかに入らないといけないのでそれなりの準備が必要だった。宇内《うない》はそのためもう一日磐晶《ばんしょう》の社に厄介になることにした。火打ち石と火口《ほくち》と蠟燭を分けてもらった。それから役に立つかもしれないと考えて縄も用意してもらった。

翌朝、夜明けとともに宇内は社を出た。三つの洞にある宝玉を集めるのにどのくらいかかるか分からなかったが、一気にけりをつけたいと思っていた。鳥居まで見送りに出た朗桂に宇内は尋ねた。

「はじめに教えてくれなかったのは、わたしを試したのでしょうね」

「そうだ。三玉は誰かれかまわず渡していいようなものではない。いずれ誰かが探しにきて、それを持ち去るかもしれないと思っていたが、それができるのはそうする資格のある者だけだ」

「わたしにその資格はあるのでしょうか」

「分からない。ただ、そなたは自分の力で洞のことを知った」朗桂は云った。

「気をつけてな」

宇内は頭を下げた。しばらく行って振りかえるとまだ朗桂は鳥居の下に立っていた。宇内は小さいその姿《かげ》に向かって手を振った。

いよいよ宝玉に近づいたかと思うと、気が逸《はや》るのを禁じ得なかった。しかし一方で何とも云えない重苦しさもあった。

宇内は夢のことを思いだした。もう夢は見なかったが、何かが自分をじっと見ているという感じがつねにあった。自分は怖じ気づいているのか、守り手《もりて》のことを知らず知らずのうちに恐ろしく思っているのだろうかと宇内は考えた。

猿猴《えんこう》はほんとうに猿なのだろうか。猿だとして一匹なのだろうか、それとも群れなのだろうか。水舌《すいぜつ》とはいったい何なのか。気の獣とは？　宇内《うない》の頭のなかにはそんな思いが渦巻いていた。

羽珠《うす》のある洞《ほら》、北斗七星の柄杓《ひしゃく》の先にあたる場所にある天枢《てんすう》の洞は、谷の奥まったあたりにあったので、ほかの洞よりは見つけやすいだろうという気がした。三度目に灰山《かいざん》の入り口に立った時、宇内はちょうどその天枢の洞のほうに道が通じていることに気がついた。その道を行けばもう一度白櫓《はくろ》の尾根を越える手間を省いて西側に回ることができそうだった。

しかしそれがまずかった。白櫓の斜面から見るとちょうど尾根に隠れて気がつかなかったのだが、天枢の洞がある峰と白櫓のあいだにはひじょうに深い谷があったのだ。おかげで宇内は細い道を苦労して谷底に下り、幅のある浅瀬を足を濡らして渡り、それからまた細い道を延々と登る羽目になった。もっとも道があるだけましではあった。その道はずっと行くと西に向かう街道に出て、西海《さいかい》までつづくようだった。

右下に谷底を見ながら宇内は黙々と登った。半刻ほどかかったろうか。ようやくあとすこしで登り切れると思った時だった。

左上から風の音のような、虫の羽音のような音が聞こえた。しかしそれは風の音にしては湿っていたし、虫の羽音にしては大きすぎた。

左手は緩い傾斜になっていたが、黒いものがいくつもその傾斜を自分に向かって駆けおりてきた。

体は黒く、最初それは犬か狼に見えたが、すぐにそうではないことに気がついた。犬よりも狼よりもずっと醜かった。音はその獣たちの声だったのだ。

袋から刀を出すひまはなかった。最初の一匹が飛びかかってきたので、咄嗟《とっさ》に半身になってかわしたが、すぐつぎが喉元を狙って飛びかかってきた。それを避けようと体勢を低くしたが、十分ではなく、左の肩口に下顎が当たり、宇内はその勢いに押されて後ずさった。右足で踏みこたえようと思ったが、その右足が踏んだところに地面はなかった。眼の前の光景が空の青と入れ替わり、宇内は必死で上体を折って両腕を前に突きだした。右の手は宙を掻いただけだったが、左の手は岩端《いわはな》を捕らえた。

宇内は片手でぶらさがった。その手に体の重さのすべてがかかり、腕が肩から抜けそうになった。宇内はもう一方の手をその隣に添えた。それまで妙にゆっくり進んでいた時間が、右手を岩に掛けた瞬間、元通りになった。宇内の体は風に揺れる木の実のように揺れていた。下方には川が流れているが、それはあまりに距離が遠かったので霞んで見えた。背中に空のすべてを背負っていることが分かった。

獣の何匹かが鼻面を突きだし、唸り、前肢を伸ばして、宇内《うない》の手に爪を掛けようとした。宇内は手をすこし下に移動させた。足は隙間あるいは出っ張りを求めて岩の表面をさまよった。が、それはなかなか見つからなかった。

観念した。たぶんこれで終わりだった。腕だけで体を支えるのは長いあいだは無理だった。宝玉をひとつも見つけられずに死ぬのは残念だった。すまんな集流《たかる》、と宇内は心のなかで云った。

獣たちのようすが妙だった。みんな唸り声を上げていた。つづいて悲鳴が上がり、一匹そしてもう一匹が宇内の頭を越えて下の谷川に落ちていった。それからたてつづけに三匹が落ちていった。一匹は首がないように見えた。それから静かになった。

何があったのか、ようすを窺おうとして体をすこし引きあげると、上に人の顔が現れた。ついで太い腕が眼の前に差しだされ、宇内がそれを握ると、体が一気に上まで引きあげられた。

必死の努力から解放されて、宇内はそのまま道の上にしばらく仰向けに寝転がった。手の震えがなかなか治まらなかった。

気がつくと大きな男が自分を見おろしていた。日を背にしていたので顔がよく見えなかった。

「水を飲め」男は竹筒を差しだして云った。体に似ない小さな声、押し殺したような声だった。

「あれは何なのだ」宇内は水を飲んで一息ついて尋ねた。

「罔両《もうりよう》だ」男は答えた。

「あれが罔両というものか。そういえば、図絵で見たことがある」

「大丈夫か」

「大丈夫だ、すまぬ、助かった」

男は黒い衣を着ていた。長い刀を腰に差していた。公家ではなく下《しも》つ方《かた》のようだった。しかし、何を生業《なりわい》とする者なのかよく分からなかった。商い人や百姓には見えなかった。兵《つわもの》の家に抱えられている武者か相撲《すもう》かもしれなかった。

「ならば、行く」

男はそう云って背を向けた。

「待て、礼をさせてくれ」

宇内はそう云ったが、男は振り返ることもせずに足早に道を登って行った。

妙な男だ、と上体を起こしながら宇内は思った。人助けをしたわけだから普通はそんなにあっさりと行ってしまわないだろうに。急いでいたのだろうか。顔がよく見えなかったので、どこかで会っても思いだせそうになかった。こんなところで一体何をやっていたのだろう。

釈然としない気分だったが、とにかく命が助かったことは喜んでいいように思えた。

宇内は立ちあがった。体のあちこちが痛かった。顔をしかめて宇内はふたたび歩きはじめた。

崖の上に出ると、白櫓《はくろ》から見た第一の洞《ほら》のあたりと思しい光景が広がっていた。振りむくと白櫓が高く聳えたっていた。このあいだ自分が登った道筋を探してみたが、よく分からなかった。宇内は視線を前に戻し眼前の光景をもう一度たしかめた。いまいる場所からさらに下ったあたりに谷があり、その奥に天枢《てんすう》の洞があるはずだった。

宇内はすこし休み、それからなだらかな道を下りはじめた。半刻あまり経ったかと思ったころ谷の底に達し、浅瀬の水を飲み、竹筒に水を汲んだ。すこし上を見ると、岩壁が瀬の上まで張りだしているところがあり、その岩壁には切れ間があった。

位置を考えるとその奥がどうやら涸れ谷のようだった。

近寄ってみると切れ間は思ったより高い場所にあった。宇内の背の三倍ほどの高さだった。かつてはそこは滝だったと思われた。

宇内は岩に手を掛けて登った。表面は滑らかではなかったのでさほど苦労することなく、切れ間まで到達することができた。そこに手を掛けて、体を引きあげると、岩の隙間は思ったより狭く、通るのが一苦労だった。しかししばらく進むと不意に視界が開けた。

涸れ谷は思ったより広かった。

そしてそこにあったのは夥《おびただ》しい骨だった。

木もなく草もない白い岩の広がりに骨が散乱していた。人の骨ではないようだった。なかには全体の形が保たれているものもあって、猿のそれに見えるものもあったし、犬のとも見えるものもあった。

宇内は最初は骨を踏まないように進んでいたが、どうにも数が多すぎるので、後には骨を踏みつけながら奥に向かって進んだ。

ここは墓場なのだろうか。死期が近づいた獣はここにきて生を終えるのだろうか。

静かだった。聞こえるのは自分の足の下で砕ける骨の音だけだった。

地形のせいか風もなかった。

やがて骨には二種類しかないことに気がついた。どうやら片方は猿の骨のようで、片方は罔両《もうりよう》のものらしかった。この谷で猿の群れと罔両の群れが争ったらしかった。

やがて洞《ほら》の入り口がはっきりと見えてきたが、その前に白い櫓《やぐら》のようなものがあった。そして近づくとそれが何なのか分かった。

高さが宇内《うない》の背の三倍ほどもあり、入り組んだそれは、骨が重なってできたものだった。

最初はどこがどうなっているのか分からなかったが、中央にあるふたつの大きな頭蓋骨ですべてが明瞭になった。それは罔両の頭蓋骨と猿の頭蓋骨だった。しかも桁外れに大きなもののそれだった。罔両の頭蓋骨は猿の喉元に食らいついていた。その下で二体の骨は互いにそれぞれの領域を侵していた。罔両の胴体の部分はほぼ形通り残っていたが、背骨がなかほどで折れていたし、首も折れているようだった。猿の右腕の骨は肩から外れて下に転がっていた。

このふたつは猿の王と罔両の王なのだろう。ここで争ってどちらも相果てたのだろう。

猿の頭蓋骨は巨大でうつむいていた。肋骨が何本か折れていて、それは鋭い角度で空に突きたっていた。尖《さき》からは沈黙が滴っていた。宇内はそのかたわらを足音を潜めて通った。あまり足音を立てると、ふたつの骨が動きだしそうな気がした。しかし、そうなったとしても自分には気がつかないだろうとも宇内は思った。この巨大なふたつのものは日や月が果てるまでこうして争いつづけるのだ。

洞の穴は岩壁のなかほどにあった。その位置はずいぶん高く、さっきの涸れ谷の入り口の比ではなかった。宇内は洞窟の穴を見あげ、それからそばにあった丸石に腰を下ろし、腰の竹筒から水を飲んだ。そして布の袋を背中から外して、なかの物をすべて取りだした。そうして剣を腰にたばさみ、乾し飯《いい》をすこしと火打ち石と火口《ほくち》と蠟燭を袋に戻し、ふたたび背負って立ちあがった。宇内は岩の壁を登りはじめた。

洞に辿りつくまでに四半刻ほどかかった。何とか無事に登りきったものの、下を見た宇内は降りる時のことを考えて、だいぶうんざりした。

気を取り直して蠟燭に火を点け、手に持ち、洞の奥に向かって進んだ。苔が蠟燭の光を受けて青く光った。岩の壁が動くような気もしたが、それは光が揺れるせいのようだった。洞は明らかに自然のままではなく人の手が入っていた。下が平らすぎた。

いままで岩の洞《ほら》に入ったことはなかった。云うまでもなく洞のなかというのは気持ちのいいものではなかった。蠟燭の光は三間ほど先までしか届かなかった。空気が淀んでいた。

五十歩ほど進んだ頃だろうか、行く手に骸骨が現れた。それは外にあったような猿や罔両《もうりょう》の骨ではなかった。人骨だった。衣はすっかり朽ちていた。ここまで入ってきた者がいるのだ。羽珠《うす》を取りにきてここで命を落としたのだ。羽珠を守っていた猿たちに襲われたのだろうか。

足音の響き方が変わり、広いところに出たことが分かった。だいぶ広いようで蠟燭の光は壁や天井まで届かなかった。そこにも一体の骸骨があった。手には刀を握っていて、周囲には骨だけになった猿の骸《むくろ》がふたつあった。朗桂《ろうけい》の息子のことを考えずにはいられなかったが、こちらの衣も完全に塵になっていて、どちらも近い時代のものとは見えなかった。

中央に祭壇のようなものがあり、宇内《うない》はそちらに向かってじりじりと進んだ。祭壇の上には小さな筺《はこ》があった。

宇内は祭壇の前に立った。蠟燭を筺の横に置き、蓋に手を掛けた。思いがけないことに蓋は簡単に開いた。なかを覗くと白い玉が見えた。胡桃《くるみ》ほどの大きさだった。

宇内は手を伸ばした。

玉に触れた瞬間に何か起きるのではないかと思ったが、そんなことはなかった。玉の表面は滑らかだった。掌のなかで転がしながら、何でできているのか考えた。石ではないようだった。不思議なことに冷たい感じはなく、逆に温かいような気がした。中心から熱が伝わってくるようでもあった。宇内はその時になってはじめて気がついた。自分はいままで三玉がほんとうに手に入るとは思っていなかったのだった。しかし、少なくともひとつはいま自分の手のなかにあった。

筺ごと持って帰ろうと思ったが、かさばるので祭壇の上にそのまま残すことにした。

予想した通り、登るより降りるほうが何倍も神経を遣った。二度ほど足を滑らせてすべてを無にするところだったが、ようやく下まで降り、しばらく大の字になってそのまま寝転がった。それから立ちあがって、袋から出したもののところに行き、袋に詰めなおした。もう一度羽珠《うす》を見た。日の光の下で見るとそれは傷ひとつなく、乳の白さで輝いていた。文様のようなものが記されているような気がして透かしてみたが、意味があるようなものではないらしかった。やはりすこし温かいような気がした。

ゆっくりしているひまはなかった。できれば今日中につぎの洞窟を探しだしておきたかった。つぎは玉衡《ぎょっこう》の洞《ほら》だった。宇内《うない》は涸れ谷の口から浅瀬に下り、道に戻った。それから玉衡を目指して歩きだした時、背後で物音がした。

振り返るとまたしても罔両《もうりょう》だった。先刻の群れなのかそれとも違う群れなのか分からなかったが、七、八匹はいるようだった。宇内はじりじりと後ずさった。どうやったら逃げられるだろうか、と思った瞬間、先頭の一匹が飛びかかってきた。危うく喉に食いつかれるところだったが、反射的に左手で鼻面を受けとめ、もう一方の手を腹の下に入れ、そのまま引っ繰りかえして岩に叩きつけた。そしてつぎの一匹が襲ってくる前にしゃがんで石を拾い、飛びかかってきた瞬間、黒い鼻先にその石を思いきり叩きつけた。罔両の体が悲鳴とともに宙で一回転した。どちらもそれで戦意をなくしたらしかった。残りの罔両はそれを見てすこし用心したらしく、遠巻きにしてようすを窺っていた。

あらためて眺めてみると罔両というのはひじょうに醜いものだった。なぜそのように思うのかを宇内はつかのま考えたが、それは顔がどことなく人の顔に似ているからだった。残りは六匹だった。宇内は袋のなかに鞘を残して刀を抜いた。それから不意に走りだして罔両の輪を破り、走りながら一匹ずつ相手ができる場所を探した。宇内は岩に挟まれた道を思い描いていたのだが、走っている途中で大きな岩が眼に入ったのでその上に飛び乗った。上になったほうが有利に戦えることは明らかだった。

岩の上に飛びあがってきた罔両を斬り、あるいは蹴散らし、二匹の胴と足に深傷《ふかで》を与えた頃には、罔両は唸るだけになった。そしてうちの一頭が不意にくるりと背を向け、走り去った。残りのものもつづいた。

罔両たちの姿が完全に見えなくなると宇内は岩の上にすわった。思ったよりあっけなかったな、と思い、物足りなささえ感じた。

宇内は岩を降りて浅瀬まで戻り、刀を洗って手布で丁寧に拭いた。あまり刃こぼれはしていなかった。しかし、そこで自分がひどく落ちついていたことに、そして独力で罔両たちを追い払ったことに、あらためて驚きを感じた。自分の剣の技は当麻《たぎま》に失笑されるようなものだったはずだが、なかなか棄てたものでもないなと思った。

尾根をふたつ越えたところで日が山の向こうに沈んだ。

日が沈む前に宇内は灌木の疎林を漁《あさ》って、薪に使えそうな枯れ枝や朽ち木を集めた。そして岩陰で火をおこした。夕餉《ゆうげ》には干した肉を炙《あぶ》り、持《も》ち飯《いい》を炙って食べた。

灰山《かいざん》での野宿はさすがに寂しいものだった。人の住む土地でのそれよりも数倍寂しく、数倍恐ろしいものだった。罔両《もうりょう》に襲われた場所からはだいぶ離れていたが、このあたりにもいるかもしれなかった。いや、罔両よりも恐ろしいものさえいるかもしれなかった。火の光の届かないところで自分のようすを窺っているかもしれなかった。

火を見ながら宇内《うない》は羽珠《うす》を守っていた猿たちのことを考えた。昔猿たちはたしかにあの大きな王に率いられて洞《ほら》を、羽珠を守っていたのだろう。しかし、いつの頃からか、あのあたりの土地に罔両がやってきた。そしてある日、猿と罔両との戦いがあった。その結果それぞれの王は死んだ。けれど、猿の姿をまったく見かけないことを考えると、最後に勝利を収めたのはどうやら罔両のようだった。

宇内は火を絶やさないようにした。完全に眠らないようにすわった姿勢を保った。景京《けいきょう》はいまどんなふうだろうと宇内は思った。毎年この時期には大がかりな歌合わせがあるはずだった。いまの宇内にはそれは遠い国の出来事のように思えた。

玉衡《ぎょっこう》の洞を見つけるのには手間取った。近くによく似た見かけの滝があって、そちらのほうに行ってしまい、余計な時間を使ってしまった。辿りついたのはすでに午《ひる》を過ぎていた。

滝は白櫓《はくろ》から見た時よりも大きいように思えた。一番目の洞も近寄ってみると予想よりだいぶ大きかったので、やはり遠目からの印象はあてにならないらしかった。

滝のすぐ右に洞の口があった。口は半ば滝の後ろに隠れていた。あの奥に明珠《めいす》があるのだった。

洞の周囲の岩肌は水に濡れているせいでほかの部分より黒く見えた。そこにぽっかりと開いた洞の口の見かけは、何とも気を重くさせるものだった。

明珠はあるが、同時にそこには水舌《すいぜつ》という、正体の定かではないものがいるはずだった。名から考えるとありきたりのものではないと思われた。たぶん化怪《けかい》の類なのだろう。そういうものがいると分かっているところにのこのこ入っていかなければならないのだ。しかしいつまで考えていてもしょうがなかった。諦めて帰ることはできなかった。

洞の口は今度はそれほど高いところではなかった。それでも身軽にするために余分なものを袋から出した。宇内は岩を登りはじめた。

入り口は宇内の背を三つほど重ねたくらいの高さだった。足下が苔で滑りやすくなっていたが、口まで難なく辿りつき、洞《ほら》に足を踏みいれると、湿ってひんやりとした空気が身を包んだ。

腰帯に刀を差し、蠟燭に火を点けて左手に持ち、それから苔を踏んで奥に向かった。進むにしたがっていやな感じは強まっていった。一歩踏みだすごとに洞の奥で何かがうごめくような気がした。

最初の洞と違って人の骨などはなかった。ここまできた者はいないのかもしれなかった。滝の音が背後から聞こえたが、それは歩くごとに小さくなっていった。

先が大きく右に曲がっていた。先が見えないというのは何ともいやなものだなと思いながら、宇内《うない》はゆっくりと歩を進め、角を曲がった。

蠟燭の光のなかに水の面《おもて》が現れた。

それは自然にできたものには見えなかった。真ん中に岩を穿《うが》って造ったらしい丸い池があった。そしてそのなかほどに最初の洞にあったものと瓜ふたつの祭壇があった。そして上にはやはり筐《はこ》があった。

水のなかに足を踏みいれなければ明珠《めいす》を取りだすことはできないようだった。宙を飛んで祭壇に飛び乗るには距離がありすぎた。長い棒か何かを使って、あるいは縄を投げて筐だけ引き寄せることはできないでもなさそうだったが、棒はなかったし、磐晶《ばんしょう》の社《やしろ》で貰った縄は下に残してきてしまった。引き返して取ってくるべきだろうか。

水に入るのは気が進まなかった。どう考えてもこの池はただの池ではなかった。水のなかに何かいるのかもしれないし、水自体が毒を持っているかもしれなかった。宇内は蠟燭を岩の隙間に立て、刀を抜いて、水のなかに差しいれた。思ったよりも浅く、刀はすぐ底の岩に触れた。祭壇の周囲を回りながら何回か同じことをしてみた。何も起こらなかった。宇内は刀を収めた。そして意を決してゆっくりと水のなかに足を踏みいれた。

足を水に浸した瞬間、体が痺れたような気がしたし、何かの音が聞こえた気もした。しかしそれは錯覚のようだった。

案ずるまでもなかった。宇内はばしゃばしゃと浅い水を渡り、祭壇まで行き、筐の蓋を開け、明珠を摑んだ。明珠は美しいものだった。どういうものか夜珠《やす》ももう手のなかにあった。これで三つ揃った。もう帰るだけだった。

ひじょうにいい心持ちだった。都に帰っていた。花の遊びのさなかにいて、春の夜は美しかった。琴瑟《きんしつ》の音が嫋《じょうじょう》々と流れていた。

すべてが心地よく、顔に頬を寄せてくるのは美しい姫君だった。

何かがおかしかった。

気がつくと眼のたくさんあるものが自分の顔を舐めていた。宇内《うない》は反射的に腕を突きだし、飛び退《すさ》った。

腕で突かれたそれは水を吐きだしてのけぞり、それから地に伏せた。

それは人ほどの大きさの鯰《なまず》のようでもあり山椒魚のようでもあった。しかし明らかにそのどちらでもないことは体の両端が頭であることで分かった。頭には大きな口があり、眼と思われる突起が無数に散らばっていた。脚は三対あって先は吸盤のようになっていた。体は粘液に包まれているようだったし、舐められたところを手で撫でるとぬるりとした。刀が下に落ちていたので、宇内は腰を落として拾った。

奇妙なことに最初に生じたのは安堵感だった。水舌《すいぜつ》がどのようなものであるのか、知らないうちはひどく恐ろしかったが、こういうものだと知ると、恐れるほどのものではないような気がした。ただ、粘液には毒があるかもしれなかった。早めにけりをつけたかった。宇内は自分からじりじりと近づいた。

安堵したことで宇内には油断が生じたのかもしれなかった。

水舌は不意に口を開き、唾を吐いた。唾は宇内の眼を射た。眼が見えなくなった。

しかし宇内はそこで慌てなかった。水舌の口に牙はなかった。いきなり首を食いちぎられるといったことはないはずだった。自分に触れるまでただ待てばよかった。宇内は自分から膝をついた。

舌か脚か分からなかったが、何かが自分の顔に触れた瞬間、宇内は見当をつけた方向に渾身の力で刀を突きだした。

突き刺したところから血か水がどっとあふれだし、ずっしりと重みのあるものが上に被さってきた。宇内は刀を引き、もう一度、深く突き刺した。

刀を持つ手がびっしょりと濡れた。相手の体が痙攣しているのが分かった。

水舌の体を押しのけ、宇内は背中の袋から水筒を取りだし、眼を洗った。潰れたかと思ったが、三度ほど洗うとすこし視力が戻ってほっとした。宇内は一息ついた後、水舌の骸《むくろ》に眼をやった。水舌は白い腹を見せて死んでいた。

水舌は悪しきものではなかった。ただ自分の務めを果たしていただけだった。骸を見ていると哀れさがこみあげた。

宇内は水舌の脚を持ち、苦労してひきずって水に戻してやった。

水に戻すと体の輪郭が崩れ、溶けはじめた。水舌の体はほどけ、やがて見えなくなった。

宇内《うない》は水を渡って祭壇の前に行き、筐《はこ》の蓋をとった。暗かったので定かではなかったが、薄い紅かと思われる玉が内にあった。宇内は手にとった。掌《てのひら》に載せると、羽珠《うす》とは逆に冷たかった。熱が奪われていくような気がした。宇内はそれを布に包んで羽珠を収めた袋に入れた。

洞《ほら》から出た宇内は滝壺に行き、粘液を洗い落とすために衣を脱ぎ、水のなかに入り、体を洗った。

そして体を洗い終わって岸を見ると、人の姿が眼に入った。

人はひとりでなく全部で六人いた。それに白い猫のような獣が一匹いた。だが猫にしては大きく、体の大きさに比して頭が小さかった。

獣がなかのひとりの体を素早く登ってその肩に乗った。顔を見ると消見《けしみ》だった。

消見は羽珠と明珠《めいす》を入れた袋を手にしていた。

「寒くはないかな、宇内殿」

消見はのんびりとした口調でそう云った。

「火をおこしてくれると助かります」宇内はそう答えた。

消見は手下《てか》に火をおこせと命じた。ふたりが薪を集めに行った。

宇内はゆっくり岸に戻って、乾いた布で体を拭き、下帯をつけた。衣が濡れていたので皮衣《かわごろも》を羽織った。

「都から後をつけてきたのですね」

「そうだ。見張りはこの者たちに任せて、わたしはのんびり後ろからやってきたがね」

消見は佐唯《すけただ》の屋敷での口振りのままそう云った。

「まあ、すわれ」

ふたりとそれにほかの者もみなそこにすわった。

「宝玉が欲しいのですか」

「さて、どうであろう。宝玉が欲しいのか、集流《たかる》の姫君が欲しいのか、わたしにもよく分からないのだ。しかし、どちらかと云えば姫君かもしれぬ。それはそなたもそうであろう」

「いや、それほどではないのですが」

「ならばどうしてここまできたのだ」

宇内は返事に窮した。どうしてここまできたのだろう。

ふたりが薪を抱えて戻ってきて、火がおこされた。宇内《うない》は焚き火のそばに石をふたつみっつ積んで、そこに衣を広げた。

「それはわたしが探しだした宝玉です」宇内は云った。

「すまぬが貰いうける」

消見《けしみ》は相変わらず穏やかな口調で云った。

「これからそなたが手に入れる夜珠《やす》もそうなる」

「わたしが後でこのことをみなに知らせたらどうなりますか」

「そうすると云うなら、そうしないようにするしかあるまい。しかし、何もしなければそれなりの礼はする。つまり譲ってくれればそれでいいのだ」

消見はそう云って、白い獣の頭を撫でた。それはおそらく貂《てん》だった。消見が貂という獣を飼っているという話はいつか聞いたことがあった。

「さて、衣が乾くまで腹を膨らませるのもいいだろう。その後で夜珠を取りにいこう」

云う通りにするしかなかった。

明珠《めいす》の洞《ほら》と夜珠の洞のあいだには比較的高い尾根が挟まっていた。宇内が先頭に立ち、一行は黙々と進んだ。尾根を降りたところで、日が暮れ、そこで夜を明かすことになった。

「たまには景京《けいきょう》を離れるのも悪くないが、もっと雅やかな旅をしたいのう。女房をつれてこられないのもつまらぬ」火の前にすわる消見がそう云った。「歌がいくつかはできたがの。実際に景物を眼にして作るのだからいつもよりできがよいかもしれぬ」

「夏の歌合わせの歌は見事でした」

「あれか。なにつまらぬものだよ」

消見は終始そんな調子で宇内に話した。宇内は消見の心やすい物腰に裏はないのかと考えた。消見にはどうも本心が読めないところがある。しかし、自分を生かして都に帰せば不安の種ができることになる。夜珠を手に入れたとたんにまず間違いなく自分は殺されるだろう。どこかで逃げださなければならなかった。

焚き火の前で消見は酒を飲んでいた。掌《てのひら》にふたつの玉を載せていた。

「美しいことは美しいが、それほど変わったものには見えぬ。しかしこれには力が宿っておるというのだな。宇内殿はそれがどんなものか知っておるのかな」

「分かりません。古い文書を見ても分かりませんでした」

「そうか」

消見《けしみ》はふたつの玉を掌の上で転がした。

「白いほうが温かく、赤いほうが冷たい。これは気のせいではないな。両方とも水晶のようなものに見えるが、ふたつは違うものでできているのだろうか」

自分が思ったことを消見も感じているのだった。

「しかし、今日はもう寝よう。明日はなるべく早く出立するぞ。すまないが手と足を縛らせてもらう」

そんな体勢で眠ったことはなかったので、なかなか寝付けなかった。


夜が明け、朝餉《あさげ》をしたためてから一行は出発した。

もう半刻もあれば洞《ほら》で覆われた峰に着くはずで、それからまた半刻もあれば目指す洞は見つけられるはずだった。

消見は宇内《うない》がどうやって宝玉の在処《ありか》を知ったかを尋ねた。

何をどこまで話していいのか判断できなかったので、とりあえず朗桂《ろうけい》や磐晶《ばんしょう》の文書のことは伏せて、家に伝わる文書に詩が載っていたことにし、灰山《かいざん》の一番高い山に登って、北斗七星を見つけた経緯はそのまま話した。

消見の顔には感心した表情が浮かんだ。そして憐憫のような表情もそこにあった。

それではっきりした。消見は自分を殺すつもりだった。

岩に挟まれた場所があって、そこからすこし広いところに出た瞬間、消見の肩に乗っていた貂《てん》が不意に後ろを向いて甲高い声を発した。みな振り返った。

後ろを歩いていたふたりが、朽ち木のように倒れるところだった。三人目は宇内たちのほうに背中を向けていて、その背中から刀の先が突きでていた。

背中から刀の先が引っこみ、三人目も崩れ落ち、その向こうに宇内を罔両《もうりょう》から救ってくれた大きな男がいた。男はそのまま走ってきて長い刀を袈裟懸《けさが》けに振りおろした。消見の四人目の手下《てか》は長刀を抜いてその太刀を受けとめようとした。男の刀は迎え撃つ刀を草の葉でもあるかのように押し戻し、右の肩に割って入り、胸を裂き、左の脇腹へと抜けた。凄まじい膂力《りょりょく》だった。血が迸《ほとばし》った。

残るひとりの手下はそれを見て、背中を向け、逃げだした。

消見はどういうわけか、落ち着いていた。

「おまえが宇内を罔両から救った男だな。只者《ただもの》ではないな。名は何という」

男は消見の問いには答えず、右手に持った刀の先を天に向けたまま、消見に向かって走った。

消見は水干《すいかん》の袖から白い紙を取りだし、素早い手つきでふたつに折り、走ってくる男に向かって放った。

白い紙は空中で白い武者に変じて地に降りたち、槍を構えて男の前に立ちはだかった。

消見《けしみ》はついで黒い紙を取りだし、やはりそれを男に向かって放った。黒い紙は空中で黒い武者に変じ、上段に剣を構えた体勢で、空から男に襲いかかった。

舞い降りた武者の剣をかわしながら「陰陽使《おんみょうづか》いか」と男は低く云った。

宇内《うない》はただ驚いていた。消見がそういう術に通じているという話は、これまで聞いたことがなかった。

「違うな。陰陽使いなどと一緒にされると迷惑だ」

白い武者の槍をやりすごすと今度は黒い武者の剣が襲ってきた。

「剣術は見ている分には面白くなくもない」

消見は言葉とは逆につまらなそうな顔で云った。

「しかし、これで終わりだ」

消見は袖から三枚目の紙を取りだした。三枚目は草色で、消見は今度はそれを地面に滑らせた。

紙が落ちた場所から蔓《つる》が生えだして、みるみるうちに数が増え、太くなり、男の脚を、体を絡め取った。蔓を切ろうと振りあげた腕はそのまま下ろせなくなり、幾重にも巻きつかれた首や顔の下半分は見えなくなった。男はまったく動けなくなり、やがて体が痙攣しはじめた。手から刀が落ちた。そしてゆっくりと前に倒れ、動かなくなった。

白い武者が消え、黒い武者が消え、蔓が消えた。

倒れた男の顔には草色の紙が張りついていた。

「息ができなくて死ぬのは苦しいものだろうな。気の毒に」

消見は倒れた男のかたわらに立ち、男の刀を拾って切っ先を下にして高く掲げ、男の背中に向かって繰りだした。鉄と鉄が当たる音が響いて切っ先が弾かれた。

死んだと思っていた男は顔の紙を剝ぎ取り、手を伸ばして消見の腰の刀を引き抜いた。

刀が一閃して、重い花が落ちるように首が落ちた。

消見の首はゆっくりと岩の上を転がり、それを追って白い色が宙を疾《はし》った。白貂《はくてん》は転がる首を咥《くわ》え、一瞬、主人の首を切った男の顔を見あげ、それから身を翻《ひるがえ》して走り去った。

しばらく男の息の音だけが周囲を領した。

「恐ろしいことをするのう。殺さねばならなかったのか」しばらくして宇内《うない》は云った。

「殺さなければ殺されていた。そうではないか」

男はただそう云った。

「礼を云うべきか。二度も助けてもらった」

「礼は要らない」

男は首のない消見《けしみ》の体を探って、宝玉の袋を取って、なかを検《あらた》めた。

半ば予期していた行動だった。

「そなたも宝玉を求めていたのか」

「そうだ。もうひとつもおまえに探してもらう」

「どうも宝玉というものは大変なものなのだな」

宇内は内心で宝玉のことを軽々《けいけい》に口にしたことをいまさらながら後悔していた。

自分が何も云わなかったら人は死なずにすんだはずだった。

「残る玉は何だ？」

「夜珠《やす》だ」

「どこにあるんだ」

「すこし先だ」

「では行こう」

途中でどうやって宝玉のことを知ったか、なぜ追い求めているのか尋ねたが、男は答えなかった。

ふたりは押し黙ったまま、洞《ほら》を探した。ほんとうに無数の洞があった。遠くから見るとほとんどは小さい洞と見えたが近い距離から見ると、どれもそれなりに大きく見えた。しかし、やがてそれまでの大きさとは全く異なるものが現れた。その洞で間違いないようだった。今度は岩を登る必要はなく、地面からそのまま入ることができた。

宇内は最後の宝玉がこの洞のなかにあるはずだと告げた。

「ここで待っている」男は云った。

「一緒に入らぬのか」

「おまえが取ってくるのだ」

火打ち石と火口《ほくち》で火をおこし蠟燭に火を点け、宇内は洞の闇のなかに進みでた。何歩も進まないうちにこれまでのふたつの洞との違いが眼についた。

羽珠《うす》と明珠《めいす》があった洞窟にも人の手が加わってはいたが、これほど徹底してはいなかった。足下は入ってすぐに平らになり、時折左右の岩壁に文様のようなものが見えた。最初は文字かとも思ったが、蠟燭を近づけてたしかめても、何かしらの意味を汲みとることはできなかった。やがて行く手がふたつに分かれた。それもいままでになかったことだった。いったいどちらに行くべきか、宇内《うない》はしばらく考えた。宇内はとりあえず右に進んだ。しばらく行くと道はまたふたつに分かれていた。

宇内は立ちどまってまた考えた。この洞《ほら》はどうも思っていたよりも大きなものらしかった。夜珠《やす》があるのはたぶん一番奥だろう。首尾良く夜珠を取ってきたとしても、入口を探しつづけてさまよい歩くのは願いさげだった。下手をしたら出られなくて洞窟のなかで飢え死にする可能性さえあった。

宇内は最初の分かれ道に戻り、石を拾って右側の壁に目印をつけた。そして手を右の壁に軽く這わせながら進んだ。ふたつめの分岐点でも同じようにした。それからは道が分かれるたびかならず印をつけ、かならず右の道を選んだ。手はずっと右側の壁に這わせた。行きどまりになってもそうして進んでいけば、四角い箱のうちを進むのと変わりはなかった。

やはり用心はしておくものだと宇内は思った。洞の通路はしだいに複雑さを増していった。そのうちに左右だけでなく、上下に分かれる通路も現れた。

もともと入り組んでいた洞窟をさらに複雑にしたようだった。これはすべて夜珠を隠すために御言《みこと》が命じてやらせたことなのだろうか？　宇内は考えた。違うような気がした。

岩壁には文様以外に黒い石の人形《ひとがた》や奇妙な動物の像などが見られるようになっていた。どれもこれまで見たことがなかったし、話に聞いたこともないようなものだった。人形の表情にはどこか胸苦しくさせるものがあり、見たことのない生き物の小像はそのまま動きだしそうなほど生彩に富んでいた。

これはいつの御代《みよ》に作られたのだろうか、と宇内は考えた。あまりにも異質で、蕃東《ばんどん》のものにはとても見えなかった。しかし、どうやって作ったか分からない羽珠《うす》と明珠《めいす》、そして夜珠は、この像を作った者たちが作ったのかもしれなかった。

けれども、いまはそんなことを考えているひまはなかった。上を行くべきか下を行くべきかが当面の問題だった。

これまで右の壁に触れながら進んできたのは、そうしていれば遠回りになっても、いつかは夜珠のところまで辿りつくと思われたからだし、帰る時は左側の壁に触れながら進めば入口まで戻れるからだった。上下に分かれている場合もどちらか一方に決めるだけでいいのだろうか。ではいったいどちらを選ぶべきか。上か下か。

そこまで考えた時、背中がぞくりとして、宇内《うない》はその場から飛び退いた。後ろを振りかえると壁から紐のような、細い腕のような、白いものが数本突きでていた。それはゆらゆらと自分がいたあたりの虚空を探っていた。そしてしばらくしてから壁のなかに引っこんだ。

いまのが気毛物なのだろうか。宇内は考えた。しかし、そうではないような気がした。

気の獣、気獣《きじゅう》という名を考えると、いまのようなものをそう名づけることはどうも考えにくかった。

汎《はん》の信仰によれば、世のことごとくには魂《たま》というものがあった。あれは地魂《ちだま》というべきものではないかと宇内は思った。動きを考えるとごく単純なもののようだった。しかし、単純なだけにあれに一旦捕らわれたら逃れるのは難しいかもしれなかった。飛び退《すさ》る時、左の腕を一瞬摑まれたのだが、そこはいま鈍く痛みだしていた。壁から手を離すことはできなかったが、なるべく体は離して歩いたほうがよさそうだった。

奥に踏みいるにしたがって通路はしだいに広くなっていった。蠟燭の光が天井に届かないほどになり、左右の壁もぼんやりと見えるだけになった。

もうどのくらい歩いているのか。半刻か一刻か。蠟燭は三本目だった。一本を使い切るにはどのくらいの刻が必要かと考えたが、頭が鈍っていてそんなことすら考えるのも一苦労だった。

前方に何か動くものがあった。やがて蠟燭の光の端に丸い大きなものが現れた。それはゆっくりと宇内のほうに転がってきた。

現れたものは宇内の背を越えるほど大きかった。そしてはじめは丸いものとしか分からなかったが、近づいてくると、虫や鳥や獣や人の体が練りこまれた団子のようなものであると分かった。

生き物の玉は自身の重さに耐えきれず、回って進む度に下になったものの骨が折れる音が聞こえた。

獣の口や人の口がいくつか見えた。それらの口のなかには何かあって、蕪《かぶら》のかけらのようにも見えたが、何かは分からなかった。とにかく白いものだった。回る拍子にそれがひとつふたつ地面に落ちた。宇内は脇にのいてそれを通した。

いましがた通りすぎたものが何であるのか宇内にはまったく分からなかったが、考えるつもりもなかった。

宇内はつぎの道でまた右に折れた。その通路は長かった。いままでで一番長かった。

このままこうやってどこへも辿りつけずに年取って死んでしまうのかと思った。

向こうから小さく甲高い音が聞こえてきた。

きいきいという音を響かせて小さな牛車《ぎっしゃ》が光のなかに現れた。牛車はゆっくりと宇内《うない》のほうに近づいてきた。牛車を牽く牛は手のひらに載るほど小さかった。

その前をさらに小さなものが走っていた。ふたりの裸の女だった。

牛車の前から小さな女房が顔を出していた。

「追え追え、そんざくはきにはたあにあぞ」

女房は狂ったような顔で叫んでいた。

裸の女も牛車も宇内の足下を過ぎていった。

また静かになった。宇内はさらに歩を進めた。

蠟燭の光が急に小さくなった。暗くなった。空気が重く、暗闇が膚《はだ》に絡みつくように思えた。蠟燭の芯がどうかしてしまったかと思って、眼を近づけて調べてみたが、何ともないようだった。

通路に眼を戻すと女が地に顔を伏せて泣いていた。

見なくても分かった。亡くなった母親だった。

走って戻りたかったが、何とか堪えた。

足音を忍ばせて壁に背中をつけて通りすぎようとした。

通りすぎる時に気がついた。女は泣いているのではなかった。笑っているのだった。あまりの恐ろしさに宇内は駆けだした。子供のように走りながら泣いていた。

足下も見ずに走ったため宇内は躓《つまず》き、もんどり打って、転がった。

宇内は空中にいた。

鹿太《しかた》に投げ飛ばされたらしかった。

商い人の子供に投げられ、自分はこの後地面にぶつかって手首をひどく傷《いた》めるのだった。

しかし、なぜか地面にぶつからずに、船のなかにいて、沖を見ていた。

沖に見えるのは倭国《わこく》らしかったが、手前に大きな細長いものが浮かんでいて、それは海白《かいはく》だとそばにいる父らしき者が云った。

だが、そちらを見ると、妙に眩しくて何も見えなかった。

宇内は四角い部屋のなかにいた。

部屋の真ん中に祭壇があり、その中央に筺《はこ》が載っていた。

宇内《うない》は立ちあがって周囲を見まわした。一面にびっしりと文様を刻んだ銅《かね》の板が張りめぐらしてあった。ほかには何もなかった。

しかしここには気獣《きじゅう》がいるはずだった。

考えていても埒《らち》があかなかったし、何よりそれ以上何もしないでいることに耐えられなかったので、宇内は祭壇に近づいて、筺《はこ》に手を伸ばした。

筺の上で気が雲のように凝《こご》った。雲はさまざまに形を変え、そのなかには何かがいるようで、しかし眼を凝らしてもそれが何であるかは分からなかった。

「人よ、これが欲しいのか。欲しければ持っていくがいい」

声が響いた。

何と云っていいのか、何をしていいのか分からず、宇内はしばらく戸惑うばかりだった。

「いいのか？　おまえはこれを守っているのではないのか」宇内はようやく答えた。

「守るとは何だ。何を何から守るのだ」

「さまざまなものを見せて、追い返そうとしたではないか」

「あれはわたしがやったことではない。おまえの心が勝手にやったことだ」雲のなかのものは云った。

「そうなのか、あれは自分でやったことなのか。分かった。では貰っていく」

宇内は筐の蓋を開けた。夜珠《やす》は黒く輝く玉だった。

夜珠を眺めていると気獣が云った。

「三つの玉の力を教えてやろう。羽珠《うす》は力を導き、明珠《めいす》は死を導き、夜珠は二玉の力を抑える。おまえが二度目に罔両《もうりょう》を蹴散らしたのは、羽珠の力があったためで、消見《けしみ》が死んだのは、明珠の力があったためだ」

宇内は気獣がそんなことを知っていることに驚いた。

「なぜそのことを知っているのだ」

「わたしは何でも知っている。それがわたしというものであるし、ここにきた者に伝えることがわたしの務めでもあるのだ」

「わたしが夜珠を持っていったら、おまえの務めは失くなるのか」

「夜珠も務めも失くならない。夜珠は失くなるようなものではないのだ」

気獣の言葉は意味の分からないものだった。

宇内は夜珠を取り、懐に収めた。

「世話になったな」

何と云えばいいのか分からなかったので、宇内はそう云った。そして気獣に背を向けた。

「宇内《うない》よ、知りたくはないか。わたしはおまえの何もかもを知っている。おまえの昔も、おまえのゆくすえも、死ぬ時も。ここへきた褒美におまえが何をするために生まれたか、そしてどのように死ぬか教えてやろう」

いや、いい。宇内は答えた。その時知ればいい。

「そうか、それもまたいいだろう」

宇内が振りかえると気獣《きじゆう》の姿はもう消えていた。真っ暗になった。

地面に膝をついて手探りで蠟燭を探しあてて火を点けた。

とにかくこれで夜珠《やす》は手にいれることができた。

宇内は印を確認しながら戻った。戻るのはきた時よりも何倍も早かった。外の光が見えた時は心底ほっとしたが、宇内は入口の前で待っているはずの男に声を掛けた。

「そこにいるか。戻ったぞ」

すぐに返事があった。

「いる」

「夜珠は手にいれた」

「そうか、では早く出てこい」

宇内はすこし間をおいてから云った。

「おれを殺すつもりだろう」

「いや、命は助けてやる」

信用はできなかった。

「おまえは盗賊だ。信用はできない」

「ではそのままいろ。おまえがそこで死んでから取りだすまでだ」

「なかは広い。死ぬ前におれはここのどこかに隠す。簡単には見つからんぞ」

しばらく男は黙った。

「では、取りあげる」

「ここは暗い。簡単にはつかまらない」

「やってみるまでだ」

宇内は奥に向かって走った。男は常人離れした力を持っていたので逃げきれるかどうか自信はなかった。ある程度奥に入った後、宇内は蠟燭を吹き消し、気配も消して、ようすを窺った。

それから半刻ほど宇内《うない》は逃げ、男は追った。男がどこにいるかは足音で分かったし、何度か鉢あわせしそうになっても蠟燭の光で分かった。しかし、蠟燭を持っているかぎり、捕まえられないと思ったのか、男も蠟燭を消したようだった。

根比べだった。先に音を上げたほうが負けだった。向こうはほんとうに只者ではなかった。宇内は時間が経てば不利だと思った。しかし宇内はひたすら待った。

やがて待っていたことが起こった。足音がまったくしなくなり、そして低い呻き声が微かに聞こえてきた。

その声を聞いて宇内はほっと一息ついた。そして声のするほうに足音を潜めて近寄った。

呻き声が近くなった。宇内は蠟燭に火を灯した。

男は地魂《ちだま》の手に摑まれていた。

「こうなると思ったのだよ」宇内は男の前に行って声を掛けた。

「おまえは、明珠《めいす》を持っているからな。明珠は持っている者を死に導くのだ。気の毒だが、もうそこからは抜けだせない。岩に抱き取られて死ぬだけだ」

男はもがいた。

「羽珠《うす》と明珠はおまえにやる。おれを助けろ」男は苦しげな声でそう云った。

「それが嘘でないという証拠はあるか。おまえをそこから苦労して助けたはいいが、その後で殺されるのはかなわない」

「刀を先に取ればいい」

「それでは足りない。刀がなくてもおまえのほうが強いかもしれない」

「信用しろ。おれは煙だ。おれの名は聞いたことがあるだろう。つまらぬことはしない」

男は思いがけないことを云った。

「煙、おまえは煙だったのか」

しかし返事はなかった。首に何重にも岩の腕が巻きついていて、もう声も出せないようだった。消見《けしみ》と戦った時と違って、今度は謀《たばか》りではないらしかった。

都で噂される盗賊の煙はいま眼の前で死にかけていた。

宇内は腰の刀を抜き、壁から出た手を切りはらった。白い手は岩のように固くはなかったが、何しろ数が多かった。二十数本ばかりあっただろうか。あらかたを切って、男の体を岩壁から引きはがした時には、力を使い果たし、その場に膝をついてしまった。

しかし、男が恢復する前に刀を取りあげなければならなかった。宇内は刀を杖代わりに何とか立ちあがり、男の腰から長い刀を外し、懐から宝玉の入った袋を取った。

煙は横たわったまま云った。

「明珠《めいす》が死を導くというのはほんとうか。だとしたら、いまおまえが持ったわけだから、おまえは死ぬのではないか」

「夜珠《やす》を持っているからだいじょうぶだ。夜珠は明珠の力を抑える」

「羽珠《うす》の力はなんだ」

「羽珠は持っている者に力を与える。おまえのほうが何倍も強いだろうが、おまえがいまわたしと争ってもたぶん勝てない」

夜珠が羽珠の力も抑えることを宇内《うない》は云わなかった。

「そうか」

煙は云った。

「ではしょうがない。諦める」

「おまえは二度たしかにおれの命を救ってくれた。礼に金子《きんす》をやろう。後で屋敷にでも取りにきたらいい」

「盗賊は施《ほどこ》しは受けない」

「そうか、では好きにするがいい。とりあえず、ここからでよう。立てるか。前を歩け」

なかなか眼を開けることができなかった。日とは、光とは何と眩しいものだろうと宇内は思った。それに空気というものは何と清々しいものだろう。

煙が振り返って宇内を見た。

「また、会うことになるだろう。三玉のことを諦めたわけではない」

「望み通りすればいい。だが、三玉はたぶん人を不幸にするぞ」

「不幸こそ盗賊に一番似合うものではないか」煙は乾いた声で笑った。

それから背を向けて煙はゆっくりと立ちさった。

宇内は小さく息をついた。

風が心地よかった。

宇内は朗桂《ろうけい》の社《やしろ》に寄った。朗桂に起こったことをすべて話し、三玉を見せた。

朗桂は感慨をもって三つの玉を眺めた。

「このために多くの者が命を失ったか」

墨色の衣の、清らかに痩せた朗桂《ろうけい》は低くそう云った。

秋が終わりかけていた。つぎの朝早く宇内《うない》は帰路についた。

磐晶《ばんしょう》の社《やしろ》に一晩厄介になり、つぎの朝早く宇内《うない》は帰路についた。


秋が終わりかけていた。寒くはなっていたが、帰りの旅はずいぶん気楽なものだった。最初の宿場に着く前に二日連続で野宿したが、野宿をしても寂しくはなかった。

宇内は火を焚き、星を眺めた。集流《たかる》から貰った鈴と花足《かそく》から貰った犬をだして眺めてみた。

これはいったい何だったのだろうと犬をあらためて眺めると、胴体の両側にあった赤い縫い取りが消えていることに気がついた。最初から何もなかったように、小さな犬はただ白かった。

十日目に宇内は嘉七《かしち》を置いていった農家に着いた。

家の前にいた嘉七は駆け寄ってきて、驚いたような顔で宇内を見た。嘉七は「おお、宇内さま、立派になられましたな」と云った。髪は乱れ放題だし、体は垢じみているはずだがな、と宇内は思った。

嘉七はだいぶ動けるようになって、農家の仕事などを手伝っていた。そして驚いたことにそこの娘と祝言をあげることになったらしかった。

宇内は一緒に帰って父上に挨拶をするという嘉七に、祝言を挙げてからでいいと云い、残っていた金子《きんす》のほとんどを祝いだと云って差しだした。農家に一晩泊まり、もう一晩泊まっていけという誘いを振り切って、宇内は出立した。

都まではあと十日もかからないはずだった。景京《けいきよう》の都が恋しくてならなかった。南に下るにつれて風が暖かくなった。空はどこまでも高かった。

集流《たかる》は気が強くわがままだが、あれはあれでいいところがないわけでもない、正室に迎えると色々厄介なことが持ちあがりそうだが、それなりに楽しく暮らせるかもしれない。景京に向かう街道を歩きながら宇内はそんなことを思った。景京はもうすぐそこだった。

屋敷に戻り、湯に浸かり、衣をあらためて訪れた宇内に、集流は云った。

「すまない、宇内、わたしは有賀《ありが》のところに行くことになった。あの方はなかなかよい方だったぞ。人は見かけによらぬものだのう。おまえにはすまないが」

しかし、という語が宇内《うない》の口から出かかったが、宇内はそれを飲みこんだ。宇内は面倒なことを云うのを面倒に思う質だったのである。

その後の三日ばかりはさすがに疲れがでて、書物を眺めながら寝て暮らした。文《ふみ》庫《ぐら》の香りは何とも心地良いものだった。何を食べてもうまく、そして有りがたかった。

考えたすえに宝玉は御言《みこと》に奉じることにした。そしてそうする前に羽珠《うす》だけを小さな袋に入れ、臥せっている父の衣の袖に入れてもらった。病を癒す力があるかどうかは分からなかったが、悪いことにはならない気がしたのである。

結局、三玉は元気になった父自身の手で、御言に奉じられることになった。

かように前期景京《けいきよう》時代は詩や歌や謡《うたい》が盛んで、その盛んなさまは後の時代にも類をみないほどであった。御言から下人までの五千余首の歌を収めた『日月集《じつげつしゆう》』はまさに空前絶後の一大詞華集だった。そしてその後、邑生定隆《おうにさだたか》によって編纂された勅撰集『月花集』、その十年後の高部佐内《たかべさない》編纂の『光曜集』は、さらに洗練を加えた詞華集で、ことに後者はこの時代にして蕃東《ばんどん》のロマン主義は完成していたのではないかと思わせるほどの高みにまで達している。編纂者である高部佐内自身の歌は集中には現れないので一首だけ紹介しておこう。

誰《た》ぞ昔この花の木を植ゑたるや澄み渡れる野の東《ひむかし》の野の

なお、佐内の嫡子高部宇内は文献学者で『古事詳覧』を著している。
また漢詩を収めた私家集『黄庭集《こうていしゆう》』があるとされるが現存はしていない。

†

『蕃東古典文学大系』第三巻「詩・歌・謡」多田博啓編纂。拡文館、一九八一年。

解説

米澤穂信

なつかしくうれしい読書だった。ふだん意識することはないけれど、私はこういう物語が好きで、また出会うことをずっと望んでいたのだと気づき、夢中になった。そのなつかしさは、たとえば石川淳『紫苑《しおん》物語』やマルグリット・ユルスナール『東方綺譚』、澁澤龍彦『ねむり姫』、倉橋由美子『よもつひらさか往還』、森銑三《もりせんぞう》『物いう小箱』、泉鏡花の諸作、そしてなにより図書館の片隅で説話集や志怪《しかい》小説、『古事記』を読み耽《ふけ》った時のことを思い出したからではなかったか。『蕃東国年代記』は、それらのゆかしい物語たちと根を同じくしているのだろう。

著者の小説処女作『世界の果ての庭　ショート・ストーリーズ』は、平易なことばで書かれてはいるが、ホルヘ・ルイス・ボルヘスと根岸鎮衛《ねぎししずもり》とエリザベス・ボウエンが手を取り合って円舞するような入り組んだ構造から成り、物語を読むことに慣れたひとびとに新しい驚きと悦びを与えた一方で、ふだん小説を読みつけない向きには難解と受け取られかねないものであった。『蕃東国年代記』には、そうした難しさはない。私は思うさま異界にあそび、ほうと息をついて本を閉じた。ところが小説に盛り込まれた要素をつぶさに見ていくと、単になつかしい物語だとばかりは言えないことがわかってくる。

著者は、およそ平安時代に擬せられるような時代背景を設定しつつ、そこに、西洋的であったり現代的であったりする要素を巧みに織り込んでいる。『蕃東国年代記』が単にデジャヴとノスタルジーの物語ではなく、ほかにない新しさをも感じさせ読者を引き込むのは、洋の東西や時代を超えた縦横無尽のストーリーテリングの故《ゆえ》だろう。では、具体的にはどのような要素が本書には織り込まれているのか。物語のルーツを辿り、古来語られてきたことの受容とアレンジに思いを馳せるのも、またひとつの楽しい冒険ではある。そこで、はなはだ頼りない案内人ではあるけれど、これから『蕃東国年代記』に若干の解説と注釈を施していこうと思う。

「蕃東」は、かつて「蕃瑯《ばんろう》」であったと語られる。御言《みこと》という君主を戴《いただ》き、汎《はん》という宗教を奉じ、日本海に浮かぶいくつかの島から成っている。

蕃東というのは興味深い国名だ。

地球上のどこにいても、自分たちが位置する方角を単独で自覚する方法はなく、東ということばは常に、別のどこかに対して東であることを意味せざるを得ない。他国との位置関係を含む国名はあまり多くないが、その少ない例のひとつとしてオーストリアが挙げられる。オーストリアとは「東の国」という意味であり、その名は、かつてこの地に東部辺境領《オストマルク》を置いたフランク王国から見て「東」にあたることに由来している。つまり、西方に中心があることを前提としての「東」なのだ。では蕃東の「東」に対して西にあたるのはどこか。むろん、中国だ。

また、蕃とは蛮であるから、蕃東は「野蛮な東の国」と読め、これは中華思想における東《とう》夷《い》ということばを強く連想させる。蕃東は冊封体制に組み込まれ、軽侮の意味を含む国号を受け入れざるを得なかったのだろうか。

ところがここにもうひとつ、別の考え方がある。東は、朝、太陽が昇る方角だ。そして、蕃は繁でもある。つまり蕃東は、「草木の茂る夜明けの国」と読むこともできるのではないか。

蕃東のひとびとが自国の名をどのように受け止めていたのか、知る手がかりは本書中にない。しかしたった二字の国名さえ、私の想像を掻き立てて止《や》まない。

『蕃東国年代記』は、五つの短編から成っている。

その劈頭《へきとう》を飾る「雨竜見物」では幻想と日常とが深く結びついていて、読むほどに蕃東という地の馴染み深さと不思議さがしみじみと伝わってくる。

竜は水に潜み、雨を得て天に昇ると考えられている。降り続く雨にもしや竜が昇るのではと評判が立ち、それを見逃してなるものかとひとびとは見物に出かける。竜が潜む大池のまわりでは身分を問わずひとびとが集まり、人が集まるところには銭も集まるとばかりに物売りがやってくる。

竜の昇天という神秘的な一大事をひとびとの娯楽にして、『源氏物語』の車争いもかくやの大混雑に仕立てる筆者の趣向はとてもユーモラスだ。そして、物見高いひとびとのおおかさが、なんとも好もしい。身分の異なる者との同席を嫌ったり、腕づくで良い場所を奪い取ったりすることはなく、ある者は月琴を弾きある者は蹴鞠《けまり》に興じ、待つ退屈をそれぞれにしのぎながら、みなで竜が昇るのを待っている。これは一種の桃源郷であろう。

短編の後半で、あるひとつの事件が起きる。その事件の経緯は推し量れるように書かれているが、しかし私には、ことさらに権勢を振りかざして桃源郷の夢を破った者が、物語によって罰せられたように思われてならなかった。

水辺にいる人間に知らぬ間に糸をかけ、水中に引きずり込む蜘蛛の民話は、東北から九州まで日本各地で見られるという。釣り人が自らにかけられた蜘蛛の糸に気づき、傍らの木に糸をかけかえておいたところ木が根こそぎ水に引き込まれ、淵の底から「かしこい、かしこい」という声が聞こえてきたという「かしこ淵」の民話は柳田國男に取り上げられ、広く知られている。

続く「霧と煙」は、冒頭から東洋趣味が濃厚に打ち出される。舟合わせという競漕において、無理をした漕ぎ手が絶命したり、敗れた貴族の舟の漕ぎ手がその場で首を刎《は》ねられたりすると語られるのは、西洋の小説によく見られる嗜虐的な東洋のイメージに沿ったものであろう。

舟合わせの最中に難破し、漂流したひとびとの前に怪異が現われ、最も大切なものと引き換えに命を助けてやるという取引を持ちかける。たしかに日本でも、超自然の存在がなにかの条件と引き換えに恵みをもたらす話を見かけないことはない。なにかを祀《まつ》ることによって雨や恵みをもたらしてもらう、ないし疫病などの災いを遠ざけてもらう、という話であれば類型のひとつと言っていい。しかし、「霧と煙」でひとびとに突きつけられたのは、そうした日本民話・神話の中の取引とはどこかが違う。これは、悪魔の取引だ。

つまり、「霧と煙」は東洋趣味が強い物語でありながら、その根幹をなす要素は極めて西洋的なのだ。西洋人が東洋とはこのような場所であろうかと思いながら異国情緒豊かな小説を書き、しかし物語の根幹に西洋の風が強く残ったとすれば、こういう物語になるのではないか。それを日本の作家である西崎憲が書いているというのだから、小説の成立過程はほとんど倒錯的だ。蕃東国において東洋と西洋が交錯しているのは決して偶然ではなく、著者の作意によるものであろう。

作中の舟合わせに似た競漕として、日本では長崎のペーロン、沖縄のハーリーがよく知られている。どちらも中国人が始めたものとされており、蕃東の舟合わせも、源流は中国にあるかと思われる。

「海林にて」は、小品ながらとても印象深い。縁あって同席した者同士が奇談を語る仕立てだが、それぞれの話に引き込まれ、自分も隣の席で聞き耳を立てているような気分になる。また、その前段である酒の嬢《むすめ》の話も、一個の短編のようであった。

私が最も心を惹かれたのは、作中でも褒められている、刀の話だ。なにかが起きたことは間違いないが、それがなんであるのかは見当もつかず、知る方法もないという模糊とした状態は不安を掻き立て、一頁に満たない文章が一個のおそろしい物語となる。

一方で、同席した者のひとり、老人が語る話はなんとも大きい。中国の物語では科挙に失敗した男というのはお馴染みの設定だが、不遇の口惜しさから魔王を呼び出すとなると話が違ってくる。

呼び出すべき魔王は、無念を呑んで死んだ帝であろうと語られる。モデルとなったのは配流先で無念の最期を遂げ、大悪魔となることを誓ったと『保元《ほうげん》物語』にある、崇徳《すとく》上皇だろう。官僚になり損ねるという中国的な導入で始まった老人の話は、魔王となった帝に言及することによって日本的な色彩を帯びる。というのも、中国の死生観に基づけば、よし死体が甦《よみがえ》ることはあっても、死者の怨念が凝《こご》って魔王となるという筋立てはそぐわないからだ。

中国と日本が混淆《こんこう》した物語は、しかしなんと、ここから大スペクタクルへと突入する。地面に魔方陣を描いて呪文を唱えると、現われたのは醜悪な怪物。それさえ先触れに過ぎず、やがて地と大気が震えだし、魔方陣の中から巨大な脚が……。

この召喚のイメージは、優れて現代的、かつ映像的だ。ハリウッドもかくや、オーケストラの壮大なＢＧＭを付けたくなるような大迫力である。著者は魔王召喚という一大事を、古風な道具立てを用いた上で、当世風に描きだした。その語り手に胡乱《うろん》な老人を配するというのも洒落《しゃれ》が効いている。これだけ奔放に物語の要素を用いてなお、「海林にて」が品の良い短編として完成しているのは、抑制の利いた文章と著者の卓越した構成力の賜物《たまもの》だろう。

「有明中将」のもの悲しさは本書中随一だ。美しく、誰からも愛される有明中将と、中将を愛したふたりの物語を読み進めるうち、私の心には暗い問いかけが投げかけられる。中将と、命を燃やして中将を愛するふたりと、どちらに生きていてほしいか。もし叶うなら、という願いがふつふつと湧き上がるのを、私は止めることが出来なかった。

日本でも中国でも、人を実名で呼ぶことは失礼に当たった。中国では皇帝の実名を呼ぶことはおろか、そこに用いられている文字を書くだけでも重罪であった。日本ではそれほど厳重ではないものの、よほど目上の人間でもなければ道長に道長、家康に家康と呼びかけることはやはりあり得なかった。蕃東の場合はどうだろうかと小説を読み返せば、ほとんどの登場人物は名で書かれている。蕃東には名を敬避する習俗はなかったか、彼らの実名は別にあって小説に書かれているのは字《あざな》のようなものなのか、あるいは著者が『蕃東国年代記』を日本語で記す際、読者の便宜を図って実名になおしたとも考えられる。

しかし小説の中でただひとり、有明中将だけは官職名で記され、名が書かれていない。類い稀《まれ》な美しさを持ち、誰からも愛されたとされる有明中将に、著者は名を与えなかったのだ。中将は「美しく愛された人」というだけで充分であり、それ以上の人格は必要ないとでもいうように。

元木泰雄「五位中将考」（『日本国家の史的特質 古代・中世』所収）によれば、本来四位が就くべき中将の職に五位で任じられるのは、一部の例外を除いて、摂関家嫡男《せっかんちゃくなん》の特権であったという。ただ、彼らにとって五位中将はいつまでも留まるべき地位でなく、いわば恵まれた「ふりだし」に過ぎなかった。しかし有明中将は物語の最初でも、最後でも、「正五位有明中将」である。

有明中将は美しさのため特例的に正五位中将に任ぜられたが、家柄が良いわけでも才智が豊かなわけでもないため、生涯そのまま留め置かれたのだろうか。この美しい人物の生涯をそう想像すると、索漠とした思いを禁じ得ない。むろん、日本と蕃東の官位制度が同じである必要はないのだが……。

「気獣と宝玉」は、いわゆる求婚難題譚だ。美姫への求婚に際して難題が課せられる物語は、神話民話問わず世界中で見ることができるが、もっとも馴染み深いのはやはり「かぐや姫」だろう。

姫との結婚のため、一編の詩を手がかりに、人跡稀な秘境に単身挑む物語は、これまでの五作とは異なるスケール感を持つ。源流は日本民話ではなく、もっと大風呂敷を広げる物語――たとえば、『千一夜物語』あたりにありそうだ。そして詩を読み解いて宝の在処をつきとめるくだりには、幼い頃ドイル「マズグレーヴ家の儀式」やポー「黄金虫」を読んだ時の、長じてからポースト「大暗号」やオブライエン「ボヘミアン」を読んだ時の、昂奮を思い出さずにはいられなかった。

ところでこの短編が求婚難題譚であるならば、この小説の最後は、難題を達成すれば求婚は成功しそうでないなら求婚も失敗に終わるという、古い物語の定型からは外れている。なぜか。小説を甘酸っぱい初恋の物語とするためか。人生とはそういうものだという一種の諦念に依ってだろうか。私は、違うと思う。

物語が続いているからだ、と私は読んだ。定型に従えば「気獣と宝玉」の最後は「めでたし、めでたし」となり、主人公は祝福と共に物語から退場して、末永く幸せな人生を送ることになるはずだ。ところが時系列的に後となる「雨竜見物」で宇内は飄然《ひょうぜん》と登場し、気楽な中にもどこか危うさを垣間見せつつ、物語の主役として振る舞うことになる。「気獣と宝玉」と「雨竜見物」の主役にそれぞれ別の人間を充てれば問題はなかったが、パズルのピースがしっかり嵌って取れなくなるように、物語が特定のキャストを要求し、作者にも動かせなくなることがある。しかし、祝福と共に退場した人物が物語に戻ることは、容易ではない。引き際を誤った未練がましい役者と堕すか、ファンサービス的な端役に甘んじるか、さもなくば、「めでたし」を返上しなくてはならない。なにかを失わなくては、物語に戻ることはできないのだ。

宇内は「気獣と宝玉」の最後で、美姫のために異議を申し立てることをしなかった。あの短い場面は、実は危険であった。もし宇内が食い下がり、彼の望みが叶っていたら、物語の力学に基づいて、美姫は若くして死なねばならなかっただろう。あたかも、ジョン・H・ワトスン博士がメアリ・モースタンを失ったように。

宇内が何も言わなかったから、求婚難題譚は完結しなかった。物語は「めでたし、めでたし」で終わらず、これからも続いていく。

著者西崎憲は、二〇〇二年、第十四回日本ファンタジーノベル大賞を受賞して小説家としてデビューした。

それ以前からG・K・チェスタトンやアントニイ・バークリー、ジェラルド・カーシュなどを手がける翻訳家として広く活動し、アンソロジストとしても『怪奇小説の世紀』『英国短篇小説の愉しみ』などで知られていた。作曲家としての経歴もあり、音楽レーベル「dog and me records」を主宰しており、歌人フラワーしげるとしては歌集『ビットとデシベル』がある。文芸誌「たべるのがおそい」を編集し、時には評論活動も行い、また時にはフットサルの集まりも開いているようだ。

小説が作者のひととなりを表していると決めつけることは危険だが、西崎憲を紹介するのによいことばが『蕃東国年代記』にあったので引用する。

——面白がらなければいったい何をしろと云うのだ——

年代記は、ひとつの時代だけを書いて完成するものではない。著者はきっと面白がって、いつか蕃東の別の時代を書くだろう。その日が、いまから楽しみでならない。

本書は『蕃東国年代記』（二〇一〇年、新潮社）の文庫化です。

著者紹介　1955年青森県生まれ。作家、翻訳家、作曲家、アンソロジスト。2002年、『世界の果ての庭』で第14回日本ファンタジーノベル大賞を受賞。著書に『ゆみに町ガイドブック』、『飛行士と東京の雨の森』、訳書にバークリー『第二の銃声』、『ヴァージニア・ウルフ短篇集』などがある。

検印
廃止

蕃東国《ばんどんこく》年代記

2018年2月28日　初版

著　者　西《にし》　崎《ざき》　憲《けん》

発行所　（株）東京創元社
代表者　長谷川晋一

162-0814/東京都新宿区新小川町1-5
電　話　03·3268·8231-営業部
　　　　03·3268·8204-編集部
URL　http://www.tsogen.co.jp
DTP　キャップス
理想社・本間製本

ISBN978-4-488-52106-6　C0193